智囊

第二卷

〔明〕冯梦龙 编著
李楠 编译

亿中卷六

【导读】

本卷收集了古人由事物之本而揣测其发展结果的故事。臆即推测之意。子贡由鲁定公和邾隐公在接见仪式上的表现揣测二人『心已亡』，预言二人的死亡；赵国大将希卑听鼓铎声而知朝内有敌国内应；范蠡从其长子平日的表现揣知中子的不能得救而『日夜望其丧之来』，都是善于『揆事之本』『镜物之情』。唐朝的姚崇猜到知古、张说之为人而教其子应付之道，果然应言；东晋的王会不听其子之劝投奔平时趋炎附势的王舒，果然被沉于江而死；南守陈亮得知辛弃疾酒后真言而及时逃脱，免于难；东汉的任尚不听班超荡佚简易之劝而引起西域反叛……两两对照，可见臆中的重要。治理国家，更要善揆本知末，懂得祸福相倚的道理。唐代的李泌为国家着想以身家性命担保韩滉不会生叛乱之心，因为他对韩滉的忠笃刚严性格甚为了解；李泌为免国家征战之祸而冒险单枪匹马往陡虢赴任、收服达奚抱晖，因为他对局势有通盘的把握；李绛由魏博的处境预测魏博归顺，结果省却了劳民伤财而又胜败难定的征伐，另外如邵伯温窥知邢恕的用心、常安民预见吕惠卿的拙劣表演，都是善于由人的性格推测其行动的例子。

【原文】

镜物之情，揆①事之本；福始祸先，验不回瞬②；藏钩射覆③，莫予能隐。集《亿中》。

【注释】

①揆：揣度。

②回瞬：转瞬，形容事物变化快。

③藏钩射覆：都是古代藏物的游戏。

【译文】

明察事物的真情，探求事物的本源；福先至或是祸早来，转瞬即可得到验证。掌握了这一条，世上一切阴谋诡计，都能一开始就洞察出来。因此，辑有『料人如神的智囊』一卷。

子贡说中二国公

鲁定公①十五年正月，邾隐公②来朝，子贡观焉。邾子执玉高，其容仰；公受玉卑，其容俯。子贡曰：『以礼观之，二君皆有死亡焉。夫礼，死生存亡之体也：将左右、周旋、进退、俯仰，于是乎取之；朝、祀、丧、戎，于是乎观之。今正月相朝而皆不度，心已亡矣。嘉事不体③，何以能久！高仰，骄也；卑俯，替④也。骄近乱，替近疾。君为主，其先亡乎？』五月公薨。孔子曰：『赐不幸言而中，是使赐多言也。』

【注释】

①鲁定公：春秋时期鲁国的君主。

②邾（zhū）隐公：即邾子益，邾颛顼之后裔，以国为氏。

③嘉事：朝礼。不体：犹言不合礼法。

④替：衰败。

【译文】

鲁定公十五年正月，邾隐公来朝，子贡在旁边观礼。邾隐公拿着宝石给定公时，高仰着头，态度出奇地高傲；定公接受时则低着头，态度反常地谦卑。

子贡看了，说道：『以这种朝见之礼来看，两位国君都有死亡的可能。礼是生死存亡的根本，小到每个人日常生活的一举一动、一言一行，大到国家的祭祀、丧礼以及诸侯之间的聘问相见，都得依循礼法。现在二位国君在这样重要的正月相朝大事上，行为举止都不合礼法，可见内心已完全不对劲了。朝见不合礼，怎能维护国祚长久呢？高仰是骄傲的表现，谦卑是衰弱的征兆；骄傲代表混乱，衰弱接近疾病，而定公是主人，可能会先出事吧！』

五月，定公去世。孔子忧虑地说：『这次不幸被赐说中了，这恐怕会使他更成为一个轻言多话的人。』

希卑听鼓预连横

秦攻赵①，鼓铎之音②，闻于北堂③。希卑④曰：『夫秦之攻赵，不宜急如此，此召兵⑤也，必有大臣欲横⑥者耳。王欲知其人，旦日赞⑦群臣而访之，先言横者，则其人也。』建信君⑧果先言横。

【注释】

①秦攻赵：此为长平之战后事，秦兵围赵。

②鼓铎之音：鼓与铎均为军中乐器，战斗时擂鼓振铎以壮士气。

③北堂：赵王及群臣理事之厅堂。

④希卑：赵国的大夫。

⑤召兵：兵指赵国欲为秦内应之兵，秦以鼓铎为信号，与其联络。

⑥横：连横。山东六国与秦妥协讲和，为连横。实际上是屈服于秦。

⑦赞：告。

⑧建信君：赵王嬖臣，据说以色宠于赵王，颇干预内政外交。

【译文】

秦兵攻击赵国，钟鼓的声音远传到北边厅堂。赵将希卑说：『现在秦国攻打赵国，不至于急到这种程度呀，这恐怕是赵国内部为秦攻赵擂鼓振铎做内应吧！一定有大臣想采用连横的策略。赵王想知道是什么人，明天接见群臣的时候问一下，先说连横的人就是了。』次日，建信君果然先说要连横。

范蠡无奈派长子

朱公居陶①，生少子。少子及壮，而朱公中男杀人，囚楚。朱公曰：『杀人而死，职②也。然吾闻「千金之子，不死于市」。』乃治千金装，将遣其少子往视之。长男固请行，不听。以公不遣长子而遣少弟，『是吾不肖』，欲自杀。其母强为言，公不得已，遣长子，为书遗故所善庄生，因语长子曰：『至，则进千金于庄生所。听其所为，慎无与争事。』长男行，如父言。庄生曰：『疾去毋留，即弟出，勿问所以然。』长男阳③去，不过庄生而私留楚贵人所。庄生故贫，然以廉直重，楚王以下，皆师事之；朱公进金，未有意受也，欲事成后复归之以为信耳。而朱公长男不解其意，以为殊无短④长。庄生以间入见楚王，言『某星某宿不利楚，独为德可除之。』王素信生，即使使封三钱之府⑤。贵人惊告朱公长男曰：『王且赦。每赦，必封三钱之府。』长男以为赦，弟固当出，千金虚弃，乃复见庄生。生惊曰：『若不去耶？』长男曰：『固也。

弟今且自赦，故辞去。』生知其意，令自入室取金去。庄生羞为儿子所卖，乃入见楚王曰：『王欲以修德禳星，乃道路喧传陶之富人朱公子杀人囚楚，其家多持金钱赂王左右，故王赦。非能恤楚国之众也，特以朱公子故！』王大怒，令论杀朱公子，明日下赦令。于是朱公长男竟持弟丧归。其母及邑人尽哀之，朱公独笑曰：『吾固知必杀其弟也。彼非不爱弟，顾少与我俱，见苦，为生[⑥]难，故重弃财[⑦]。至如少弟者，生而见我富，乘坚策肥，岂知财所从来哉！吾遣少子，独为其能弃财也；而长者不能，卒以杀其弟，事之理也，无足怪者，吾日夜固以望其丧之来也！』

【梦龙评】朱公既有灼见，不宜移于妇言，所以改遣者，惧杀长子故也。『听其所为，勿与争事』，已明明道破，长子自不奉教耳。庄生纵横之才不下朱公，生人杀人，在其鼓掌。然宁负好友，而必欲伸气于孺子，何德宇之不宽也！噫，其斯以为纵横之才也与！

【注释】

①朱公居陶：范蠡，春秋时名相，助越王勾践灭吴，弃官隐居于陶，自号陶朱公，累资巨万。

②职：规定，常理。

③阳：佯，假装。

④短长：计策。

⑤三钱之府：贮藏黄金、白银、赤铜三种货币的府库。

⑥为生：经营。

⑦重弃财：看重花钱的事。

【译文】

陶朱公范蠡住在陶，生了小儿子。小儿子长大成人后，陶朱公的次子杀人，被囚禁在楚国。陶朱公说：『杀人者死，这是天经地义的，然而我听说富家子不应在大庭广众之下被处决。』因此他预备千两黄金，要派小儿子前往探望。长子一再请求前往，陶朱公不肯。长子认为父亲不派长子而派小弟，分明是认为自己不肖，欲自杀。

他的母亲极力说劝，陶朱公不得已，派长子带信去给老朋友庄生，并告诉长子说：『到了以后，就把这一千两黄金送给庄生，随他处置，千万不要和他争吵。』

长子前往，照父亲的话做。

庄生说：『你赶快离开，不要停留。即使令弟被放出来，也不要问他为何。』长子假装离去，不告诉庄生，而私下留在楚国一个贵人的家里。

庄生以往很穷，但以廉洁正直被人尊重。楚王以下的人都以老师的礼法来敬事他。陶朱公送的金子，他无意接受，想在事成后归还以表诚信。而陶朱公的长子不了解庄生，以为他只是个平平常常的普通人而已。

庄生利用机会入宫见楚王，说某星宿不利，若楚国能独自修德，则可以解除。楚王向来信任庄生，立刻派人封闭三钱之府。

楚国贵人很惊奇地告诉陶朱公的长子说：『楚王将要大赦了，因为每次大赦一定封闭三钱之府。』

长子认为遇到大赦，弟弟原本就当出狱，则一千两黄金是白花了，于是又去见庄生。

庄生惊讶地说：『你没有离开吗？』

长子说：『是啊！我弟弟很幸运在今天碰上楚王大赦，因此来告辞。』

庄生知道他的意思，便叫他自己进去拿黄金回去。

长子这么做，使庄生感到很不舒服，就入宫见楚王说：『大王想修德除灾，但外头老百姓传言陶的富人朱公子杀人，囚禁在楚国，他的家人拿了很多钱来贿赂大王手下人，所以大王这次大赦，并非真正可怜楚国的民众，只是为了开释朱公子而已。』

楚王很生气，立即下令杀朱公子，第二天才下大赦令。于是陶朱公的长子只好运送弟弟的尸体回家，他的母亲及乡人都很哀伤。

陶朱公却笑着说：『我本来就知道他必定会害死自己的弟弟。他并不是不爱弟弟，只是从小和我在一起，见惯了生活的艰苦，所以特别重视身外之财。至于小弟，生下来就见到我富贵，过惯富裕的生活，哪里知道钱财是如何来的？我派小儿子去，只因为他能丢得开财物，而长子做不到，最后害死弟弟，是很正常的，一点不值得诡异，我本来就等着他带着丧事回来。』

【梦龙评】朱公既然早有预见，就不该听妇人的话而改变主意。之所以改派长子，可能是怕长子自杀的缘故。临行前嘱咐长子要『听从庄生的安排，不要和他争执』，明明已经讲清楚了，可是长子自己不听父亲的教诲。庄生翻云覆雨的才能，不在朱公之下，要谁生让谁死，完全控制在他的掌中。然而宁愿有负于好友，也一定要和晚辈争这一口气，心胸气度怎么如此狭窄！唉！难道他认为，这样才算有翻云覆雨的才能吗？

李泌为国保韩滉

议者言韩滉闻乘舆在外，聚兵修石头城，阴畜异志。上疑，以问李泌，对曰：『滉公忠清俭，自车驾在外，滉贡献不绝，且镇抚江东十五州，盗贼不起，皆滉之力也。所以修石头城者，滉见中原板荡①，谓陛下将有永嘉之行，为迎扈②之备耳。此乃人臣忠笃之虑，奈何更以为罪乎？滉性刚严，不附权贵，故多谤毁，愿陛下察之，臣敢保其无他。』上曰：『他议汹汹，章奏如麻，卿不闻乎？』对曰：『臣固闻之。其子皋为考功员外郎③，今不敢归省其亲，正以谤语沸腾故也。』上曰：『其子犹惧如此，卿奈何保之？』对曰：『滉之用心，臣知之至熟，愿上章明其无他，乞宣示中书，使朝众皆知之。』上曰：『朕方欲用卿，人亦何易可保！慎勿违众，恐并为卿累。』泌退，遂上章，请以百口保滉。他日，上谓泌曰：『卿竟上章，已为卿留中。虽知卿与滉亲旧，岂得不自爱其身乎！』对曰：『臣岂肯私于亲旧以负陛下，顾滉实无异心。臣之上章，以为朝廷，非为身也！』上曰：『如何为朝廷？』对曰：『今天下旱蝗，关中米斗千钱，仓廪耗竭，而江东丰稔④。愿陛下早下臣章，以解朝众之惑，而谕韩皋，使之归觐⑤，令滉感激，无自疑之心，速运粮储，岂非为朝廷耶？』上曰：『朕深谕之矣！』即下泌章，令韩皋谒告归觐，面赐绯衣⑥，谕以『卿父比有谤言，朕今知其所以，释然不复信矣』，因言『关中乏粮，与卿父宜速置之』。皋至润州，滉感悦流涕，即日自临水滨，发米百万斛，听皋留五日即还朝。皋别其母，啼声闻于外。滉怒，召出挞之，自送至江上，冒风涛而遣之。既而陈少游⑦闻滉贡米，亦贡二十万斛。上谓李泌曰：『韩滉乃能使陈少游亦贡米乎？』对曰：『岂唯少游，诸道将争入贡矣！』

【注释】

①板荡：《诗经·大雅》里有《板》《荡》两篇，皆咏周厉王的无道，后以此指政局混乱，社会动荡不宁。

②迎扈（hù）：保驾。

③考功员外郎：官名，与郎中通称郎官。

④丰稔（rěn）：丰收。

⑤归覲（jìn）：回家探亲。

⑥绯（fēi）衣：红衣。绯，大红。

⑦陈少游：唐博平人，官累淮南节度使、加同中书门下平章事。

【译文】

唐朝时有人告诉皇帝，韩滉借天子不在京师，大规模地招募兵士整修石头城的战备，阴谋反叛。皇帝听了对韩滉生出疑心，询问李泌的意见。

李泌说：『韩滉忠诚清廉。当时皇上离京播迁在外，韩滉依然不改人臣的职责，贡献钱粮不断，而且镇抚江东十五州，使盗贼完全绝迹，这都是韩滉的功劳。至于整修石头城，是由于韩滉见到中原纷乱，认为皇上可能南下到永嘉避乱，为迎接护卫圣驾做准备罢了。这是为人臣子非常忠诚的表现，褒奖都来不及，怎能还加以责备？韩滉个性刚烈严正，不攀附权贵人士，所以招来很多毁谤，愿陛下明察，微臣保证韩滉绝对没有二心。』

皇帝说：『可是，议论纷纷，章奏多得不得了，你没有听说吗？』

李泌说：『微臣老早就知道了，韩滉的儿子韩皋任考功员外郎，正因为毁谤的话太多了，想告假回去探亲都不敢。』

皇帝说：『按你的看法，连他自己的儿子都怕成这样，你怎么还敢为他保证再三呢？』

李泌说：『韩滉的用心，微臣非常清楚。希望皇上公开表示信任韩滉，并由中书省白纸黑字发布，让朝中所有官员都清清楚楚地看到此事。』

皇帝说：『朕正欲重用你，但你得自己知道，别人哪有这么容易就可保证的，你自己得小心，不要太违抗众人的意见，要不然恐怕连你也被连累。』

李泌退朝后，仍旧上奏章，用一家百口来保韩滉绝无二心。

几天后，皇帝对李泌说：『你竟然还敢上奏章保韩滉，我已将这份奏章扣下来，不让它流出朝中。我知道你和韩滉有亲戚关系，但你就不为自己的性命着想吗？』

李泌说：『微臣哪会偏袒亲戚而辜负皇上呢？只是韩滉实在没有叛逆的心意，微臣上奏章，只为朝廷，不为自己。』

皇帝说：『怎么说是为朝廷呢？』

李泌说：『现今天下有旱灾蝗害，关中米价昂贵，一斗米卖一千钱，仓库存粮日渐减少，而江东却大丰收，希望皇上将微臣的奏章发下朝廷公开出来，以释清群臣的疑惑，而下诏给韩皋要他立即回京觐见，使韩滉感激圣上的信任，消除这阵子的流言所引起的韩滉的不安，而将江东的粮食迅速运来储备，这不是为朝廷吗？』

皇帝说：『朕已经很明白了。』

于是皇帝下圣旨给李泌，命令韩皋回京觐见，当面赐予绯衣，并告诉韩皋，别人对他父亲的诋毁，现今皇上已清清楚楚，绝不相信韩滉有异心；并说关中缺乏粮食，他们父子应该赶快处理运粮事宜。

韩皋回到润州报告父亲，韩滉感动得泪流满面，当天就亲自到江边运发米粮十万斛，让韩皋只留五天立即回京。

韩皋辞别母亲，哭声传到屋外，韩滉气得把他叫出去殴打一顿，亲自押送到江边，冒着风浪把儿子送走。

接着陈少游听说韩滉贡米，也进贡二十万斛米。

皇帝对李泌说：『韩滉能使陈少游也跟着贡米，真想不到。』

李泌说：『岂止少游，这下子各道都将争着贡米进京了！』

虞卿料和谈前景

秦王龁①攻赵，赵军数败，楼昌请发重使为媾②。虞卿③曰：『今制媾者在秦，秦必欲破王之军矣。虽往请，将不听。不如以重宝附楚、魏，则秦疑天下之合纵，媾乃可成也。』王不听，使郑朱媾于秦。虞卿曰：『郑朱贵人也，秦必显重之以示天下。天下见王之媾于秦，必不救王。秦知天下之不救王，则媾不可成矣！』既而果然。

【梦龙评】战国策士，当为虞卿为第一。

【注释】

①王龁（hé）：战国时秦昭王的左庶长。

②媾（gòu）：讲和，求和。

③虞卿：虞氏，名失传，战国时期策士，因进说赵孝成王，被任命为上卿，称为虞卿。

【译文】

战国时，秦将王龁攻打赵国，赵国军队接连数次都打了败仗。赵国大臣楼昌请求赵王派遣重要的使者到秦国去讲和。上卿虞卿说：『现在讲和的主动权在秦国，秦国一定要打败大王的军队，虽然派遣使者去讲和，秦国一定不会答应的。现在不如拿贵重的宝物献给楚王与魏王，那样，秦国将怀疑各国结成合纵，讲和方可能实现。』赵王不听虞卿的劝告，派郑朱去秦国讲和。虞卿又说：『郑朱是赵国的贵人，秦国必然拿郑朱来向天下人表明赵国派贵人来到秦国讲和了。天下诸侯看见大王与秦国讲和，必定没人前来援救大王。秦国知道各诸侯国不来援救大王，更不肯和大王讲和了。』过了不久，事态的发展果然像虞卿所预料的那样。

【梦龙评】战国策士，要算虞卿为第一。

高澄计逼侯景反

侯景[1]叛魏归梁，封河南王。魏相高澄[2]忽遣使议和，时举朝皆请从之。傅岐为如新令，适在朝，独曰：『高澄方新得志，何事须和？必是设间以疑侯景，使景意不自安，则必图祸乱。若许之，正堕其计耳。』

帝惑朱异言，竟许和。景未信，乃伪作邺人书，求以贞阳侯③换景。帝答书，有『贞阳旦至，侯景夕返』语，景遂反。

【注释】

①侯景：字万景，北魏怀朔镇人，先从尔朱荣，继归高欢，后降梁，受封为河南王，先后废梁两帝自立，国号汉，建元太始。

②高澄：字子惠，北齐人，官累吏部尚书、大丞相，被封渤海王。

③贞阳侯：萧渊明，梁武帝的侄子，封贞阳侯。为东魏所俘。

【译文】

南北朝时侯景叛魏，归顺南朝的梁，受封河南王。魏相高澄突然派使者来梁议和，当时朝廷百官都赞成议和。

傅岐任如新县令，恰好人在朝廷，只有他说：『高澄刚得志掌权，有什么事情需要议和呢？一定是设反间计使朝廷怀疑侯景，从而使侯景不能安心，逼他起兵作乱；如果答应，正中了他的圈套。梁武帝不相信朱异的意见，竟然答应议和。侯景刚开始不信，就伪造魏国邺人的信，假称要放回当时扣押在北魏的梁朝贞阳侯萧明，以交换侯景送回北魏。梁武帝没有觉察，又答应交换，而且回信中有『贞阳侯白天送到，侯景晚上就交回』的话。侯景于是造反。

杨公战前戒彭泽

彭泽①将西讨流贼鄢本恕等，入问计廷和。廷和曰：『以君才，贼何忧不平！所戒者班师早耳。』泽后破诛本恕等，奏班师，而余党复猬起②，不可制。泽既发而复留，乃叹曰：『杨公之先见，吾不及也！』

【梦龙评】张英国三定交州③而竟不能有，以英国之去也。假使如黔国④故事，俾英国世为交守，虽至今郡县可矣。故平贼者，胜之易，格之难，所戒于早班师者，必有一番安戢镇抚作用，非仅仅仗兵威以胁之已也。

【注释】

①彭泽：字济物，明兰州人，弘治进士，擢右副都御史、进左都御史，卒谥襄毅。

②猬起：繁多，比喻像刺猬的毛一样聚集在一起。

③交州：治所在番禺，辖境相当于今越南河内附近一带。

④黔国：黔国公沐英，字文英，明初定远人，朱元璋的义子。明初将领，封黔国公，死后追封黔宁王。

【译文】

明朝大将彭泽（兰州人，字济物。累官左都御史、兵部尚书）领军队西进讨伐流贼鄢本恕等人之前，他向大臣杨廷和询问计策。杨廷和说：『用您这样的人去讨贼，还有什么可担心平不了贼呢！所应注意的是不要过早地班师回朝。』后来彭泽打败了鄢本恕，并把他杀死了，上书请求回朝，不料贼寇余党纷纷作乱，无法控制。彭泽出发之后又留下来，于是彭泽叹息说：『杨公的先见之明，是我所赶不上的。』

【梦龙评】张英国三次平定交州，最后竟不能拥有这个地方，就是因为张英国离开当地的缘故。假使如彭泽讨贼的故事，使张英国世代为交州太守，则至今交州还是明朝的郡县。因此讨平贼寇很容易，要使他们改过不再作乱很难，因而得留心不要太早班师回来，指的便是要进行一番安抚的工作。这不是单靠兵力打胜仗就能解决的。

卜偃预料虢将灭

虢公败戎于桑田①，晋卜偃②曰：『虢必亡矣，亡下阳③不惧，而又有功，是天夺之鉴而益其疾也，必易晋而不抚其民矣，不可以五稔④！』后五年，晋灭虢。

【注释】

①桑田：古地名，即春秋时虢地。

②卜偃：春秋时掌管卜卦的官。

③下阳：古邑名，即春秋时虢地。

④稔（rěn）：年。

【译文】

虢公在桑田击败戎人，晋国的卜偃说：『虢国必将灭亡。不久前，虢国下阳被晋国所夺，但并不害怕，现在反而又去打戎人，这其实是上苍要夺走他的镜子，使其看不到自己的善恶，而加重他的毛病。往后虢公一定不会把晋国放在眼里，更不会抚爱百姓。不超过五年，虢国一定会灭亡的。』五年之后，晋国果然灭掉了虢国。

刘璋实心迎刘备

初，刘璋[1]遣人迎先主，主簿黄权[2]怒而言曰：『厝火积薪[3]，其势必焚；及溺呼船，悔将无及。左将军有骁名，今迎到，欲以部曲遇之，则不满其心；欲以宾客待之，则一国不容二君。若客有泰山之安，则主有累卵之危，可且闭关，以待河清。』从事王累自倒悬于州门而谏，曰：『两高不可重，两大不可容，两贵不可双，两势不可同。重、容、双、同，必争其功！』皆弗听。从事郑度[4]好奇计，从容说曰：『左将军悬军袭我，兵不满万，士众未附，野谷是资，军无辎重。其计莫若尽驱巴西、梓潼民[5]，内涪水[6]以西，其仓廪野谷一皆烧除，高垒深沟，静以待之。彼至请战，勿许。久无所资，不过百日，必将自走。走而击之，此成擒耳！』先主闻而恶之，谓法正[7]曰：『度计若行，吾事去矣！』正曰：『终不能用，无可忧也。』卒如正料。璋谓其群下曰：『吾闻驱敌以安民，未闻驱民以避敌也。』于是黜度，不用其计。先主入成都，召度谓曰：『向用卿计，孤之首悬于蜀门矣！』引为宾客，曰：『此吾广武君也！』

【注释】

①刘璋：字季玉，三国江夏竟陵人，官至益州牧。

②黄权：字公衡，蜀汉阆中人，官累东骑将军，封育阳侯，卒谥景。

③厝火积薪：把火放在柴堆下面，比喻潜伏着很大危险。『厝』，放置。

④郑度：东汉末汉中绵县人，有奇谋，时为刘璋的从事。

⑤巴西：郡名，治所在阆中，辖境相当今四川广安、开江以西等地。梓潼：郡名，治所在梓潼，辖境相当今四川、陕西等地。

⑥涪（fú）水：涪江、嘉陵江支流，在四川省中部。

⑦法正：字孝直，三国右扶风郿县，刘备的谋士，后任尚书令、护军将军。

【译文】

三国时刘璋欲派人迎接刘备。主簿黄权气愤地说：『房子失火了还堆积木柴，火势必定不可收拾；溺水了才叫船，后悔都来不及。左将军（刘备）是出了名的骁勇人物，把他迎接过来，若以部属待他，左将军是绝对不会甘于屈就的；若如宾客待他，则一国不容二主。宾客稳若泰山，主人就十分危险。我们应该暂时封锁所有的关隘，休养生息，静待整个天下的争战尘埃落定，重新恢复太平。』

从事王累则把自己倒吊在州门而劝道：『两座高山在一起，必定会比出谁高谁低；两个庞然大物在一起，必定会分出谁大谁小；两个权贵在一起，必定得争出谁高谁下；两个力量撞在一起，必定得斗出谁强谁弱，这样的争斗是必然的道理。』

但刘璋都不听。

从事郑度好出奇计，他从容地说：『左将军的军队如若想袭击我们，论军力，士兵不满一万名；论军心，众心尚未依附；论粮草，只有野外的谷物能供给他们。对付没有后勤补给的军队，最好的计谋是赶尽巴西、梓潼两郡的人民，从涪水以西，将所有的仓库和野生的食物，一并烧毁，并加高堡垒，挖深护城河，以逸待劳，以静制动。他们到了以后，不要与他们正面交战。左将军的粮食不足，不超过一百天，他们就会自己撤走，随后我们再从后面追击他们，很简单就可以捉到左将军。』

刘备听到这个消息很担心，对法正说：『郑度的计谋如果实行，我的大事就完了。』

法正说：『刘璋不会采纳的，不必担心。』果然，刘璋对部下说：『我听说驱赶敌人需要安定人民，没听说用驱赶人民来躲避敌人的。』于是罢黜郑度，不采用他的策略。等刘备拿下成都，特别招来郑度，对他说：『先前如果刘璋采用你的计划，我的头就只有挂在蜀门上了。』于是收郑度为宾客，对人说：『这是我的广武君。』

罗隐谨慎防降卒

浙帅钱镠时[1]，宣州叛卒五千余人送款，钱氏纳之，以为腹心。时罗隐[2]在幕下，屡谏，以为敌国之人，不可轻信。浙帅不听。杭州新治，城堞楼橹甚盛。浙帅携僚客观之，隐指却敌，阳不晓曰：『设此何用？』浙帅曰：『君岂不知备敌耶？』隐谬曰：『若是，何不向里设之？』盖指宣卒也。后指挥使徐绾等挟宣卒为乱，几于覆国。

【梦龙评】 迩年辽阳[3]、登州[4]变，皆降卒为祟。守土者不可不慎此一着！

【注释】

①浙帅钱镠：时钱镠为唐镇海军节度使，治杭州。

②罗隐：唐末名诗人，时在钱镠幕下为掌书记。

③辽阳：明末辽东大城之一，今属辽宁省。

④登州：州名，今山东蓬莱、黄县等地。

【译文】

钱镠任两浙地区的军事首长，宣州的叛卒五千多人来投诚，钱氏接纳了，并把他们当作心腹。当时罗隐在幕府中，屡次规劝钱镠，认为敌国来的人，不可轻易相信，钱镠不听。杭州新建的城墙和望楼都筑得很宏伟，钱镠带着宾客部属去参观，罗隐指着城上敌楼，佯装不解地说：『建这些有什么用？』钱镠说：『难道你们不知道防备敌人吗？』罗隐对钱镠说：『如果是御敌，为什么城上敌楼都向外而不向里设呢？』这是指州叛卒。后来指挥使徐绾等挟持原来归附的宣州叛卒继续作乱，使得吴越整个国家几乎灭亡。

【梦龙评】近年来，辽阳、登州之变，都是降兵在作祟。防守疆土的人不可不慎防这一点。

夏侯霸看中钟会

夏侯霸降蜀①，姜维②问曰：『司马公既得彼政③，当复有征伐之志否？』霸曰：『司马公自当作家门④，彼方有内志⑤，未遑及外事也。公提轻卒，径抵中原，因食于敌，彼可窥而扰也。然有钟士季⑥者，其人虽少，有胆略，精练策数⑦，终为吴、蜀之忧。但非常之人，必不为人用，而人亦必不能用之，士季其不免乎？』后十五年，而会果灭蜀，蜀灭而会反，皆如霸言。

【注释】

①夏侯霸降蜀：夏侯霸，夏侯渊之子，以其父死于蜀汉之手，有报仇之志，为讨蜀护军，屯于陇西，归征西将军夏侯玄所属。征西将军夏侯玄，为霸之从子，而为曹爽之外弟。及魏邵陵厉公嘉平元年（249年），司马懿发动政变，杀曹爽，以丞相专魏政，召夏侯玄回京，以雍州刺史郭淮代为征西将军。夏

侯霸素与郭淮不合，以为祸必相及，遂奔蜀汉。汉主刘禅遇之甚厚。

②姜维：仕蜀为征西将军，诸葛亮死后，继领其众，屡伐魏无功。钟会伐蜀，维保剑阁，会不能克。已而邓艾偷渡阴平，罩成都。维得后主刘禅旨，始降魏。时钟会阴怀异志，维伪服事之，欲杀会以复蜀。值将士作乱杀会，并格杀维。

③既得彼政：指控制魏国朝政。

④自当作家门：作家门，扩大本家的势力。

⑤内志：指夺取魏国政权。

⑥钟士季：钟会，字士季，魏太傅钟繇子，时为尚书郎，党于司马氏。后官至司徒，与邓艾分道伐蜀。

⑦策数：谋略计策。

【译文】

三国时夏侯霸投降蜀汉，姜维问他：『司马公已经完全掌控曹魏的政权了，还会讨伐我们吗？』夏侯霸说：『司马公取得政权，正欲更进一步篡夺曹魏的君位，一时无法兼顾境外之事。您大可带着轻装士兵，直接进军中原，利用敌境中的粮食为后勤，就可以骚扰他们。问题在于有一个叫钟会的人，虽然年轻，却有魄力，并精于各种计谋，此人才真正是吴、蜀的忧患。但是这样才智卓越的人，必定不会甘心只为他人效命，也没有人会真心真意重用他，钟会大概也不会有太好的下场吧！』

十五年后，钟会果然消灭蜀汉。蜀汉灭亡后钟会叛变，都像夏侯霸所说。

傅嘏避开三小人

何晏①、邓飏、夏侯玄，并求傅嘏交，而嘏终不许。诸人乃因荀粲②说合之，谓嘏曰：『夏侯太初，一时之杰士，虚心于子，而卿意怀不可。交合则好成，不合则致隙，二贤莫若睦，则国之休。此蔺相如所以下廉颇也。』傅嘏曰：『夏侯太初志大心劳，能合虚誉，所谓利口覆国③之人。何晏、邓飏有为而躁，博而寡要，外好利而内无关钥④，贵同恶异，多言而妒前。多言多衅，妒前无亲。以吾观之，此三贤者皆败德之人尔。远之犹恐罹祸，况可亲之耶！』皆如其言。

【梦龙评】蔡邕就董卓之辟，而不免其身；韦忠辞张华⑤之荐，而竟违其祸。士君子不可不慎所因也。

【注释】

①何宴：字平叔，三国魏南阳宛县人，官累尚书，典选举。

②荀粲（cǎn）：字奉倩，东汉颍阳人，荀彧之子。不与常人交接，所交皆一时俊杰。

③利口覆国：用能言善辩来倾覆国家。利口，言辞锋利。

④关钥：门闩，这里指检点约束。

⑤张华：字茂先，西晋范阳方城（今河北固安南）人，官累中书令、右光禄大夫，封广武侯。

【译文】

何晏、邓飏、夏侯玄三人一起想结交傅嘏，而傅嘏却一直不答应。三人于是请荀粲劝说，荀粲对傅嘏说：『夏侯玄是当代的豪杰，虚心想和您结交，而您一直不愿意。交往就能成为好朋友，不交往就发生隔阂，二位贤人若能和睦，是国家的福气，这是为什么蔺相如甘拜廉颇之下的原因。』傅嘏说：『夏侯玄志大才疏，喜欢追求虚名，是那种靠一张嘴巴能倾覆整个国家的人。至于何晏、邓飏，虽有才干却急躁不安，见识虽广却不得要领，追逐名利而内心丝毫不知防备，喜欢意见相同的人，厌恶持不同意见的人，说话喋喋不休就容易和人发生嫌隙，却妒恨比自己优秀的人就不可能有真正亲密的朋友。依我看，这三个所谓的闲人，其实皆是败德的人，躲得远远的都怕被他们连累，怎么还能去亲近他们呢？』后来这三人的情况都如傅嘏所说。

【梦龙评】蔡邕被董卓任用而免不了一死，韦忠谢绝张华的举荐，终于避免灾祸，士人君子交往实在不可以不谨慎。

吕惠卿调离京师

吕惠卿出知大名府，监察御史常安民①虑其复留，上言：『北都重镇，而除惠卿。惠卿赋性深险，背王安石者，其事君可知。今将过阙，必言先帝而泣，感动陛下，希望留京矣。』帝纳之。及惠卿至京师，请对，见帝果言先帝事而泣。帝正色不答，计卒不施而去。

【注释】

①常安民：字希古，北宋临邛人，熙宁进士，迁成都教授，累迁御史，后流放，卒。

【译文】

宋朝人吕惠卿调离京师，出任大名府做太守，监察御史常安民担心他不肯走而要留在京城，就对皇上说：『大名府是北方的重镇，如今委派吕惠卿去管理是对他最大的信任。吕惠卿天性阴险难测，这样一个背叛王安石的人，他侍奉君主就可想而知了。我估计他马上会进宫拜见陛下，一定哭着大谈他和先帝的关系如何好，借以感动陛下，希望陛下把他留在京城。』皇帝采纳他的意见。等吕惠卿到京师时，请求晋见皇帝，果然谈起先帝的事而哭泣。皇帝露出严肃的神情，不理他。吕惠卿的计谋终于没能成功，只得离开京城去大名府赴任。

乔寿朋谏授文职

嘉定①间，山东忠义李全②跋扈日甚，朝廷择人帅山阳③，一时文臣无可使，遂用许国。国，武夫也，特换文资，除太府卿④以重其行。乔寿朋⑤以书抵史丞相曰：『祖宗朝，制置使多用名将。绍兴间，不独张、韩、刘、岳为之⑥，杨沂中、吴玠、吴璘、刘锜、王燮、成闵诸人亦为之⑦，岂必尽文臣哉！至于文臣任边事，固有反以观察使授之者，如韩忠献、范文正、陈尧咨⑧是也。今若就加本分之官，以重制帅之选，初无不可，乃使之处非其据，遽易以清班，彼修饰边幅，强自标置，求以称此，人心固未易服，恐反使人有轻视不平之心，此不可不虑也！』史不能从。国至山阳，偃然自大，受全庭参⑨。全军忿怒，因而杀之，自此遂叛。

【注释】

①嘉定：南宋宁宗赵扩的年号。

②忠义：南宋对黄河以北各地乡村居民抗金的武装组织的称呼。李全：南宋潍州北海人，曾参加起义军，配合宋抗金，后发展成为地方上的武装割据势力，官至招信军节度使。

③山阳：在今山东省。

④太府卿：官名，掌管库藏财物的官员。

⑤乔寿朋：齐行简，北宋东阳人，绍兴进士，历淮西转运判官，官累平章军国重事，加少师，封鲁国公，卒谥文惠。

⑥韩：韩世忠，字良臣，南宋延安人，官累枢密使、太师，追封蕲王，谥忠武。刘：刘光世，字平叔，南宋保安人，官累制置使，太尉御营副使，封杨国公。

⑦吴玠（jiè）：字晋卿，南宋陇干（今甘肃静宁县）人，官至四川宣抚使，谥武安，追封涪王。刘锜：字信叔，南宋德顺军，官累太尉，江淮浙西制置使。成闵：字居仁，南宋邢州人，官至庆远军节度使。

⑧陈尧咨：字嘉谟，北宋阆中人，咸平中进士第一，官累武信军节度使。

⑨庭参：古时官吏在公堂上按照礼节谒拜长官。

【译文】

南宋嘉定年间（1024—1224），山东忠义军首领李全专横暴戾，一天比一天厉害，朝廷要选人去镇守山阳，一时没有文臣可派，于是选定武国。武国，是位武夫，现在要特地换授一种文官官资，升其为太府卿之职，用以表示对他出行赴任的重视。乔行简（字寿朋）致书丞相史弥远说：『宋代各朝，选拔任用管理军务的制置使，多选用那些德高望重的名将。高宗绍兴年间，不只是张俊、韩世忠、刘光世、岳飞四人可担任制置使一职，还有杨沂中（字正甫，曾封沂王）、吴玠、吴璘、刘锜、王燮、成闵诸人也可以担任制置使一职，哪里一定都要文臣呢？至于文臣被委以边疆保卫防御之事，本来就有以观察使的名义授予他们的，比如有韩琦（谥忠献）、范仲淹（谥文正）、陈尧咨三个人就是这样。现在如果在他们本属的武职内加官，以尊崇制置使一职的选拔，开始时没有什么不可以的，若是使他们所处官之地并非其日时所据有之地，没有实力基础，突然调换清要之职，故装文雅，硬把自己标榜成清要之官，以合其官称，人们的内心里当然不会那么快地归附他们，恐怕反而使人们有轻视他们和不服之心。这是不可不慎重考虑的。』史弥远不能听从乔行简的意见。武国到山阳，竟然狂妄自大，要求李全在公庭行参拜大礼，李全的军队极为愤怒，因而把他杀掉了。从此以后就开始反叛了。

曹彬看扁唐后主

曹武惠王①既下金陵②，降后主，复遣还内治行③。潘美④忧其死，不能生致也，止之。王言：『吾适受降，见其临渠犹顾左右扶而后过⑤，必不然也。且彼有烈心，自当君臣同尽，必不生降，既降，又肯死乎？』

【梦龙评】或劝艺祖⑥诛降王，入则变生。艺祖笑曰：『守千里之国，战十万之师，而为我擒，孤身远客，能为变乎？』可谓君臣同智。

【注释】

①曹武惠王：曹彬，五代后汉时为成德军牙将，仕后周为河中都监。归宋后伐蜀有功。取南唐，不妄杀一人。为宋初良将第一。死后封济阳郡王，谥武惠。

②金陵：南唐都城，今南京市。

③还内治行：回宫预备北上的行装。

④潘美：仕后周为引进使，入宋后，平扬州，南征广州，定金陵，伐太原，皆有功。雍熙中北伐，杨

业败死，美有责焉，遂成小说中潘仁美形象。平南唐时，潘美为曹彬之副。

⑤『临渠』句：过水渠时怕落水也。

⑥艺祖：宋太祖赵匡胤。

【译文】

北宋初年，曹武惠王率军队攻下金陵，南唐李后主向宋投降时，武惠王让他回宫收拾行装。潘美担心后主会自杀而不甘心做俘虏，无法让他活着送京，便加以阻止。武惠王说：『我刚才接受投降时，看见他走过水渠时吓得找左右随从扶着才敢跨过，这样的人肯定不会寻死。如果他壮烈一些，强硬一些，老早就君臣同归于尽，不会活着投降；现在既然投降，又怎么肯自杀呢？』

【梦龙评】有人劝宋太祖杀死投降的君王，担心入京后他们还会发生变故。宋太祖笑着说：『想当初这些人守着千里大国，拥有十万将士的军队，尚且被我擒住，如今他们一个人孤独地在远地作客，还能有什么变故呢？』宋太祖和曹彬，可以说是君臣二人都有相同的智慧。

剖疑卷七

【导读】

本卷收集了古人解决疑难问题的故事，大致可分四类。第一类是对奸佞之人的谗毁之言的辨明。忠臣义士往往为奸诈小人所忌恨，君主如不能明辨是非，为小人所惑，疏远贤臣，就会给朝政带来莫大的损失。汉昭帝能看出诬陷大臣霍光的书信为假；张说认识到术士谣传五日内有急兵入宫是谗人谋动东宫；李泌能认出密告李升者为张延赏，并指出其目的在于动摇东宫，都可谓眼光敏锐，能拨开迷雾见是非。第二类是对疑案的判决，既要合于律令，又要顾及伦理常情，还要注重验证。汉隽不疑断假太子案、东汉的孔季彦判杀季母案、张晋断子扑杀入其室盗其物的父亲的案件、南宋杜景断遗妾与二子分遗产案，都能法情兼顾，可谓善剖疑者。第三类是对流言蜚语的态度。汉代的王商不为大水淹城之淫言所惊、北宋的王曾不信汴口决之讹言，都因明于事理，才能在流言四起、众人慌张时镇定不乱。第四类是对鬼神怪异的处理。一是以事实证其为荒诞，二是『见怪不怪，其怪自败』，三是对装神弄鬼者严惩不贷。

【原文】

讹口如波，俗肠如锢①。触目迷津，弥天毒雾。不有明眼，孰为先路？太阳当空，妖魑匿步②。集《剖疑》。

【注释】

①锢：经久难愈的疾病。

②匿步：隐藏自己的行踪。

【译文】

社会的谣言如波涛一般汹涌喷来，世俗的偏见如铁铸一样不易化开；人们睁眼所见的都是迷津，人世上所弥漫的全是毒雾。无火眼金睛般的慧目，谁又能在满是谎言的荆棘中开辟坦途？当火红的太阳高高升上天空的时候，牛鬼蛇神魑魅魍魉自然会遁形销迹。所以，辑有『明辨是非的智囊』一卷。

昭帝年幼知是非

昭帝①初立，燕王旦②怨望谋反。而上官桀③忌霍光，因与旦通谋，诈令人为旦上书，言：『光出都，肄郎羽林④疑习军官。道上称跸⑤，擅调益幕府校尉，专权自恣，疑有非常。』俟光出沐日奏之，帝不肯下。光闻之，止画室⑥中不入。上问：『大将军安在？』桀曰：『以燕王发其罪，不敢入。』诏召光入，光免冠顿首谢。上曰：『将军冠。朕知是书诈也，将军无罪。』光曰：『陛下何以知之？』上曰：『将军调校尉以来未十日，燕王何以知之？』时帝年十四，尚书左右皆惊，而上书者果亡。

【注释】

①昭帝：西汉昭帝刘弗陵。

②燕王旦：刘旦，西汉武帝第四子，封燕王。为人辨略，招致游士。因与上官桀篡权阴谋败露，自杀身亡，赐谥刺。

③上官桀（jié）：西汉上邽人，武帝时官至太仆、左将军。

④肄（yì）郎：官名，校阅郎官，肄，检查。羽林：皇帝的卫军。

⑤称跸（bì）：皇帝出行，禁止他人通行。

⑥画室：汉代殿前西阁之室，因雕画尧、舜、汤等古帝王像，故称。

【译文】

西汉昭帝即位之初，燕王刘旦心怀怨恨，图谋叛变。而左将军上官桀嫉妒大将军霍光权重己，就与刘旦合谋，暗中派人替刘旦上书，说：『霍光出外检阅郎官及羽林等官军演习，所行道路上禁止官民通行，擅自征选添加自己幕府的校尉，独断专行，为所欲为，怀疑将有突如其来的变故。』等霍光休假之日上奏皇帝。皇帝不肯下其事于有司论议。霍光听说这件事，只在朝房里，而不入见皇上。皇上问：『大将军在哪里？』上官桀说：『因为燕王上书揭发他的罪，不敢进来。』于是皇上下诏书召霍光进来，霍光脱掉帽子磕头拜谢。皇上说：『请大将军戴上官帽。我已知道那奏书是对你的诬陷，大将军你是无罪的。』霍光说：『皇上是怎么知道的？』皇上说：『将军征选添加校尉到现在还不到十天，从长安到燕都上千里，燕王怎么会知道呢？』当时昭帝才十四岁，左右的大臣都感到惊讶，而上书诬陷霍光的人听到此消息就逃跑了。

睿宗明察息谣言

说有材辩，能断大义。景云①初，帝谓侍臣曰：『术家②言五日内有急兵入宫，奈何？』左右莫对。说进曰：『此谗人谋动东宫③耳。陛下若以太子监国，则名分定、奸胆破、蜚语塞矣。』帝如其言，议遂息。

【注释】

①景云：唐睿宗李旦年号。

②术家：方术巫卜之士。

③东宫：太子，指后来的玄宗李隆基。时太平公主惮李隆基英武，欲更择暗弱者立之以久其权，故数为流言，欲倾陷隆基。

【译文】

唐朝人张说有谋略，大事当前能迅速果断。

唐睿宗景云二年，睿宗对侍臣说：『术士预言，在五天之内会有军队忽然入宫，你们说该怎么办？』手下的人不知怎么回答。

张说进言道：『这必定是奸人想让陛下更换太子的奸计。陛下假如让太子监视国事，则名分确定，奸人的诡计破坏，流言自然消失。』

睿宗照他的话做，谣言果然平息。

寇准献计废太子

楚王元佐①，太宗长子也，因申救廷美不获②，遂感心疾，习为残忍；左右微过，辄弯弓射之。帝屡诲不悛。重阳③，帝宴诸王。元佐以病新起，不得预，中夜发愤，遂闭媵妾，纵火焚宫。帝怒，欲废之。会寇准通判郓州，得召见。太宗谓曰：『卿试与朕决一事。东宫所为不法，他日必为桀、纣之行。欲废之，则宫中亦有甲兵，恐因而招乱。』准曰：『请某月日，令东宫于某处摄行礼④，其左右侍从皆令从之。陛下搜其宫中，果有不法之事，俟还而示之；废太子，一黄门力耳。』太宗从其策。及东宫出，得淫刑之器，有剜目、挑筋、摘舌等物。还而示之，东宫服罪，遂废之。

【梦龙评】搜其宫中，如无不法之事，东宫之位如故矣。不然，亦使心服无冤耳。江充⑤、李林甫，岂可共商此事！

【注释】

①楚王元佐：赵元佐，初名德崇，宋太宗长子。少聪颖，为帝所钟爱。

②因申救廷美不获：宋太祖母杜太后死前嘱太祖：『汝死后当传位于光，光义传光美，光美传德昭。』光义、光美皆太祖弟，德昭则为太祖长子。于是太祖死后，传于太宗。太宗以廷美（光美，因避讳改）为开封尹，封齐王，兄子德昭为永兴军节度使兼侍中，封武功郡王。而至太平兴国四年，太宗逼德昭自杀。六年，太祖次子赵德芳亦死。七年，一些幸臣窥知太宗有违杜太后之约，遂诬告廷美欲作乱，罢开封府尹。寻赵普又使亲信诬廷美『不悔过，怨望』，于是太宗又将廷美流放于房子州，两年后死于房州（今四川省涪陵）。当廷美徙房州时，廷臣无敢言者，独楚王元佐申救之。及廷美死，元佐闻讯而发狂。是元佐之病在廷美被罪之后二年。

③重阳：廷美死于雍熙元年（984年），此则为雍熙二年之重阳，时元佐病略轻。

④摄行礼：国家大典礼当由皇帝主持，此由皇子代为主持，故称摄。

⑤江充：汉武帝幸臣。武帝末年，好猜忌，巫蛊之事起。江充与太子有隙，遂诬太子在宫中以巫蛊诅咒武帝，终逼太子起兵杀江充。后兵败，太子亦自杀。

【译文】

楚王赵元佐是宋太宗的长子，因上表请求救齐王廷美没有被许，很快就患了心病，平时举止都有些残忍，侍奉他左右之人稍有过失，马上弯弓搭箭就射。太宗多次教诲，一直不知悔改。重阳节这一天，太宗皇帝设宴招待诸王，长子元佐因新近有病，没能参加，半夜里病犯了，半夜发怒，把姬妾关闭于宫中，并纵火焚烧宫室。太宗皇气得发怒，想废掉元佐，另立太子。正赶上郓州通判寇准（字平，官至参知政事、宰相。封莱国公。追赠中书令，谥忠愍）得太宗召见来京师。太宗对寇准说：『寇准你试着替我决断一件事情。

东宫太子不守王法，日后也一定会有暴君夏桀、商纣那样行为。因此我想废除他太子之位，可是东宫太子也有甲兵，怕因而招来祸乱。』寇准说：『选择某月某日，命令太子到某地代理皇上祭祀，太子左右随从也都命令跟着去，陛下再趁机派人去搜查东宫，若果真有不法的证物，等太子回来再当他面公布出来。这时再废除他，只不过用一太监的力量而已。』太宗采纳了寇准的计策，等到太子及左右侍从都出去后，从他的宫中搜出许多残酷的刑具，有剜目、挑筋、摘舌的刑具。太子回来后，当场展示出来，太子服罪，太宗于是废除了元佐的太子之位。

【梦龙评】搜查东宫，如果没有不法的事，东宫的地位依旧。不然，也可以使他心服而不觉冤枉，江充、李林甫之类的人，难道可以共同商议这种事吗？

隽不疑抓假太子

汉昭帝五年，有男子诣阙，自谓卫太子[1]。诏公卿以下视之，皆莫敢发言。京兆尹隽不疑后至，叱从吏收缚，曰：『卫蒯聩[2]出奔，卫辄拒而不纳，《春秋》是之。太子得罪先帝，亡不即死，今来自诣，此罪人也！』遂送诏狱。上与霍光闻而嘉之曰：『公卿大臣当用有经术、明于大谊者。』由是不疑名重朝廷。后廷尉验治，坐诬罔，腰斩。

【梦龙评】国无二君，此际欲一人心、绝浮议，只合如此断决。其说《春秋》虽不是，然时方推重经术，不断章取义亦不足取信。《公羊》[3]以卫辄拒父为尊祖。想当时儒者亦主此论。

【注释】

①卫太子：指刘据，西汉武帝之先太子，后因受江充一案牵连而销声匿迹。

②蒯聩（kuǎi kuì）：春秋时卫襄公之孙。按：卫灵公卒，卫太子蒯聩在晋，卫立太子之子辄即位，是为卫出公，晋赵鞅想使卫附己，欲送蒯聩回卫即位，卫不纳。

③《公羊》：《公羊传》，亦称《春秋公羊传》，儒家经典之一，专门阐释《春秋》。

【译文】

汉昭帝五年，有名男子入宫，自称是卫太子。一些朝中大臣去检查，谁也不敢确认。

京兆君隽不疑最后才到，却立刻命令侍从拿下他，说：『卫蒯聩出奔到晋国，后来被人遣送回来，卫辄拒绝接纳，《春秋》认为做得很对。太子得罪先帝，不肯服罪自尽而选择逃亡，如今就算来的真是卫太子，也不过是罪人的身份罢了。』于是直接将此人送入监狱。

昭帝与霍光听了，嘉勉隽不疑说：『公卿大臣，应该任用饱读诗书而又明白大义的人。』

从此隽不疑为昭帝所重用，而这名男子，后来经廷尉验查，果然是冒牌太子，因此被处死。

【梦龙评】一国无二君，此时若想安定人心，杜绝不实的议论，便应该如此断然处置。隽不疑所提到《春秋》的本意不是这么说的，但是当时正推崇经学，不断章取义可能不足以取信于人。《公羊传》认为卫辄拒绝父亲蒯聩，是向卫国的列祖列宗负责，想必当时的儒生也主张这种观点。

克明试药惩蛮夷

克明[①]有智略，真宗朝累功，官融、桂等十州都巡检。既至，蛮酋来献药一器，曰：『此药凡中箭者傅之，创立愈。』克明曰：『何以验之？』曰：『请试鸡犬。』克明曰：『当试以人。』取箭刺酋股而傅以药，酋立死，群酋惭惧而去。

【注释】

①克明：曹克明，宋太宗时曾参加镇压李顺起义。真宗景德间官至宜、硬融、桂、昭、柳、象、邕、钦、廉、白十州都巡检使兼安抚使。

【译文】

北宋曹克明很有智谋和胆略，宋真宗时屡建战功，升任融、桂等十州都巡检。到任后，蛮夷酋长送来一瓶药，说：『这种药，凡是中箭的人敷一敷，创伤立即会好。』曹克明说：『用什么来试验它的效果呢？』酋长说：『请用鸡狗来试验。』曹克明说：『应当用人来试。』就当场用箭在酋长的大腿上刺了一下，再用药敷，酋长立即死亡，其他酋长都羞愧而恐惧地离去了。

西门豹根除谣言

魏文侯[①]时，西门豹为邺令[②]，会长老问民疾苦。长老曰：『苦为河伯[③]娶妇。』豹问其故，对曰：『邺三老、廷掾[④]常岁赋民钱数百万，用二三十万为河伯娶妇，与祝巫共分其余。当其时，巫行视人家女好者，云「是当为河伯妇」，即令洗沐，易新衣。治斋宫[⑤]于河上，设绛帷床席，居女其中。卜日，浮之河，行数十里乃灭。俗语曰：『即不为河伯娶妇，水来漂溺。』人家多持女远窜，故城中益空。』豹曰：『及此时，幸来告，吾亦欲往送。』至期，豹往会之河上，三老、官属、豪长者、里长、父老皆会，聚观者数千人。其大巫，老女子也，女弟子十人从其后。豹曰：『呼河伯妇来！』既见，顾谓三老、巫祝、父老曰：『是女不佳，烦大巫妪为入报河伯：更求好女，后日送之。』即使吏卒共抱大巫妪投之河。有顷，曰：『妪何久也？弟子趣⑥之！』复投弟子一人河中。有顷，曰：『弟子何久也？』复使一人趣之。凡投三弟子。豹曰：『是皆女子，不能白事，烦三老为入白⑦之。』复投三老。豹簪笔磬折⑧向河立待，良久，旁观者皆惊恐。豹顾曰：『巫妪、三老不还报，奈何？』复欲使廷掾与豪长者一人入趣之，皆叩头流血，色如死灰。豹曰：『且俟须臾。』须臾，豹曰：『廷掾起矣！河伯不娶妇也！』邺吏民大惊恐，自是不敢复言河伯娶妇。

【梦龙评】娶妇以免溺，题目甚大。愚民相安于惑也久矣，直斥其妄，人必不信。唯身自往会，簪笔磬折，使众著于河伯之无灵，而向之行诈者计穷于畏死，虽驱之娶妇，犹不为也，然后弊可永革。

【注释】

①魏文侯：战国初魏国的国君，在位五十年，任贤使能，使魏成强国。

②邺令：邺地方的长官。邺当时为北方重镇，在今河北磁县南。

③河伯：河神。

④三老、廷掾：三老是乡里的官员，廷掾是官府里的属吏。

⑤斋宫：斋戒祭神的地方。

⑥趣：催促。

⑦白：告白，说明。

⑧簪笔磬折：像磬一样弯着身子，拿着笔准备记录，形容西门豹做出恭敬的样子等待河伯的消息。

【译文】

战国魏文侯时，西门豹任邺县的长官。他会见地方上的长者，询问民间疾苦。

长老说：『最苦的是替河伯娶亲。』

西门豹问他们是什么原因，长老说：『邺县的三老、廷掾每年向人民收取几百万钱，用二三十万为河伯娶亲，再和巫婆分享其余的钱。娶亲时，巫师到每户人家去查看，看到美女就说她应该做河伯的妻子，立即命令她沐浴，更换新衣，在河边搭建斋宫，布置红色的帐幕和床席，把美女安放在里面。然后通过占卜选好日子，将床及床上的美女一起漂浮于河中，漂流几十里就沉没了。地方上传言：「如果不为河伯娶亲，河水就会泛滥成灾。」很多百姓都带着女儿逃到远处去，所以城里越来越空。』

西门豹说：『到河伯娶亲的日子，但愿你来告诉我，我也要去送亲。』

娶亲的当天，西门豹到河边去，三老、官吏、地方领袖、里长、父老都到了，围观的有几千人。主持的巫婆有女弟子十人，跟随在后面。

西门豹说：『叫河伯的妻子过来。』

看过以后，西门豹回头对三老、巫婆及父老说：『这个女子不漂亮，麻烦大巫婆去河里通报河伯，我们要再找更美的女子，后天送来。』就派吏卒抱起大巫婆投入河里。

不久，西门豹说：『老婆婆为何去这么久不回来？派个弟子去催她。』又投一个弟子入河。不久又说：

『怎么这个弟子也一去这么久？』

于是西门豹又下令再派一名弟子去催她，前后总共投了三个弟子。

西门豹说：『这些人都是女子，必定是事情说不清楚，麻烦三老前去解释。』又将三老投入河中。

西门豹假装恭敬地站在河边等候，过了很长时间旁观的人越来越害怕。

西门豹回头说：『巫婆、三老都不汇报，怎么办？』

正要派廷掾和另一个豪富前去催促，两人却立即跪下叩头，叩得头破血流，脸色一片灰白。

西门豹说：『好吧好吧！那就再等一会儿。』

不久，西门豹才说：『廷掾起来吧！河伯不娶亲了。』

邺县官民都特别害怕，从此不敢再提为河伯娶亲的事。

【梦龙评】为了避免淹水而替河伯娶亲，实在是一个很大的谎言，无知的百姓相信这样的谣言而苟且偷安时日已久，如若直接驳斥此事是虚妄的，人民一定不相信。只有亲自去参加娶亲盛会，又装出一副恭敬的模样，使百姓明白根本不是什么河伯作祟，先前的行为都是骗人的，他们终于在怕死的情况下无计可施。这时就算有人赶他们去替河伯娶亲，他们也绝不敢再做，这样弊病才可以永久消除。

宋均为民除祭祀

光武①时，宋均②为九江太守。所属浚遒③县有唐、后二山，民共祠之。诸巫初取民家男女以为公妪④，后沿为例，民家遂至相戒不敢娶嫁⑤。均至，乃下教：自后凡为祠山娶者，皆娶巫家女⑥，勿扰良民。未几祠绝。

【注释】

①光武：东汉光武帝刘秀。

②宋均：曾从马援征武陵蛮，为九江太守，迁东海相，吏民思其恩化。明帝时为尚书令，帝以其虽死不挠，迁司隶校尉，寻为河内太守。

③浚遒：在今安徽省合肥东。

④公妪：以男为山公，女为山妪。《后汉书·宋均传》此下尚有『岁岁改易』一句。

⑤相戒不敢娶嫁：凡为山公、山妪之男女，无人再敢娶为妻、嫁为夫。《风俗通义》作『男不得复娶，女不得复嫁』，义同。

⑥皆娶巫家女：《后汉书·宋均传》无『女』字，是。因为山娶，不仅娶女，且娶男也。

【译文】

东汉光武帝刘秀时，宋均担任九江太守，所辖的浚遒县（在今安徽合肥东）有唐山与后山两座山，老百姓都去朝拜祈祷。巫祝起初多选民间少年男女作为山公、山妪，此后这种习俗就一直沿袭下来了，以至于民间凡被选为山公、山妪之男女，无人再敢婚嫁，宋均到任后，就下令：凡被唐、后二山娶为山公、山妪的，都与巫祝家的男女相婚配，不得再扰乱人民百姓的生活秩序。过了没有多长时间，这种『山娶』恶习就绝迹了。

李德裕平息谣传

宝历[①]中，亳州云出『圣水』，服之愈宿疾。自洛及江西数十郡人，争施金往汲，获利千万，人转相惑。李德裕在浙西，命于大市集人置釜[②]，取其水，用猪肉五斤煮，云：『若圣水也，肉当如故。』须臾肉烂。自此人心稍定，妖亦寻败。

【注释】

①宝历：唐敬宗李湛的年号。

②釜（fǔ）：古时铁或铜制的、圆底或有两耳的敛口炊具。

【译文】

唐敬宗宝历年间，亳州一带相传出产圣水，有病的人喝了以后立即痊愈。因此从洛阳到江西等数十郡的人，争着出钱取水，获利上千万钱。消息传来传去，越发渲染得跟真的一般。此时李德裕在浙西，命令人用锅装圣水，在大市场中，放五斤猪肉进去煮。他说：『假如是圣水，猪肉应该不起任何变化。』没过一会儿，肉煮烂了。从此人心稍微安定，妖言也随着平息。

程伯温揭穿谎言

程珦尝知龚州[①]，有传区希范家神降，迎其神，将为祠南海。道出龚，珦诘之，答曰：『比过浔[②]』，浔守不信，投祠具江中，乃逆流上。守惧，更致礼。珦曰：『吾请更投之。』则顺流去。妄遂息。珦，明道、伊川之父。

【注释】

①程珦（xiàng）：字伯温，北宋陆泽人，官累太中大夫等。龚州：州名，今广西平南县。

②浔（xún）：浔州，州名，治所在今广西桂平市。

【译文】

程珦曾任龚州知州，当时传说区希范家有神降临，有人迎神准备到南海立祠祭祀。路过龚州时，程珦问希范，他答道：『这个神经过浔州时，浔州太守本来不信，把祭祀的器具投入江中，谁知祭器却逆流而上。太守惧怕，态度反而变得很恭敬。』

程珦说：『我请你再投一次。』只见祭祀的器具顺着水流而去，这个谎言才被揭穿。

程珦是明道先生、伊川先生的父亲。

程颢难倒奸和尚

南山僧舍有石佛，岁传其首放光，远近男女聚观，昼夜杂处。为政者畏其神，莫敢禁止。程颢始至，诘其僧曰：『吾闻石佛岁现光，有诸？』曰：『然。』戒曰：『俟复见，必先白。吾职事不能往，当取其首就观之。』自是不复有光矣。

【译文】

在北宋时，南山佛寺里有一尊石佛，年年传说佛的脑袋能放光，远近成年男女都来观看石佛脑袋放光，白天晚上，男男女女混杂在一起。当地官府也害怕石佛真有神妙的灵气，所以也不敢加以禁止。著名理学家程颢（洛阳人，字伯淳，世称明道先生。熙宁初，为太子中允、监察御史里行，与王安石议新法不合，改外任。哲宗立，召为宗正丞，未行而卒。与弟颐并称『二程』）刚来到南山佛寺，责问其僧说：『我听说佛每年脑袋能放光，有这回事吗？』那僧人回答说：『是的。』程颢告诉那僧人说：『等到那石佛脑袋再发光时，一定来告诉我，我有公务在身不能前来观看，你把石佛的脑袋砍来送给我看。』从此以后，石佛的脑袋不再放光了。

天子驾经妒女祠

狄梁公为度支员外郎，车驾将幸汾阳①，公奉使修供顿。并州长史②李玄冲以道出妒女祠，俗称有盛衣服车马过者，必致雷风，欲别开路。公曰：『天子行幸，千乘万骑，风伯清尘，雨师洒道，何妒女敢害而欲避之？』玄冲遂止，果无他变。

【注释】

①汾阳：古县名，在今山西静乐西。

②长史：官名，古代州郡长官的属官，辅佐太守，掌管一州郡的兵马。

【译文】

唐朝狄仁杰任度支员外郎时，天子将驾临汾阳，狄公奉命准备沿途酒宴、安顿休息等事宜。并州长史李玄冲认为皇上必路经妒女祠，便告诉狄公：地方传说有盛装车马经过此地，一定会刮风打雷，还是避开这条路为好。狄公说：『天子驾临，大批车驾人马跟随，风伯要为他清理尘垢，雨神也要为他洗刷道路，哪有什么妒女敢伤害天子而要回避的道理？』李玄冲因此打消改道的念头，果然没有出现任何事情。

戚贤毁萧总管庙

戚贤[1]初授归安县。县有『萧总管』，此淫祠也。豪右欲诅有司，辄先赛庙。庙壮丽特甚。一日过之，值赛期，入庙中，列赛者阶下，谕之曰：『天久不雨，若能祷神得雨则善，不尔庙且毁，罪不赦也。』舁木偶道桥上，竟不雨，遂沉木偶如言。又数日，舟行，忽木偶自水跃入舟中，侍人失色走曰：『萧总管来！萧总管来！』贤笑曰：『是未之焚也！』命系之。顾岸傍有社祠，别遣黠隶易服入祠，戒之曰：『伺水中人出，械以来。』已而果然，盖策诸赛者心，且賄没人为之也。

【注释】

①戚贤：字秀夫，明全椒（今属安徽省）人，嘉靖进士，授归安（治今浙江吴兴）知县，擢吏科给事中。

【译文】

明朝时戚贤初任归安县令，县中有一座萧总管庙，是一座不合法的庙宇。地方上有权有势的人如若想诅咒官吏，就先举行庙会，把庙装饰得非常壮丽。

一天，戚贤路过萧总管庙，恰逢举行庙会。他走进庙中，站在阶下对众人说：『很久没下雨了，你们假如能祈求神灵下雨我就放过你们；假如做不到，庙就要拆毁，你们的罪过我也绝不宽贷。』因此他派人把庙里的神偶抬到陆桥上，可是天仍然没有下雨，于是他就把神偶沉入溪流里。

几天后，戚贤乘船经过该处。突然间，神偶从水里跳入船中，侍从大惊失色，争相逃避道：『萧总管来了！萧总管来了！』

戚贤笑着说：『这是因为还没有将它烧毁的缘故。』立刻命人把它先绑起来。

戚贤看见岸边有一土神祠，于是另外派一个灵慧的小吏，换了便衣藏在祠中，告诫他说：『等到水中有人冒出来，就把他捉来。』

后来小吏果然抓到一个人。原来是那些举行庙会的人不想庙会停止，就请善于潜水的人装神弄鬼。

黄震杖打迷信卒

震通判广德[①]。广德俗有自婴桎梏、自拷掠，而以徼[②]福于神者。震见一人，召问之，乃兵也，即令自状其罪。卒曰：『无有也。』震曰：『尔罪必多，但不敢对人言，故告神求免耳！』杖而逐之，此风遂绝。

【梦龙评】吾郡杨山太尉庙，在东城，极灵，专主人间疮疖事。香火不绝，而六月廿四日太尉生辰尤盛。万历辛丑、壬寅间，阊门[③]思灵寺有老僧梦一神人，自称周宣灵王：『今寓齐门徽商某处，乞募建一殿相安，当佑汝。』既觉，意为妄，置之。三日后，梦神大怒，杖其一足。明日足痛不能步，乃遣其徒往齐门访之，神像在焉。此像在徽郡某寺，最著灵验。有女子夜与人私而孕，度必败，诈言半夜有神人来偶，其神衣冠甚伟。父信然，因嘱曰：『神再至，必绳系其足为信。』女以告所欢，而以草绳系周宣灵王木偶足下。父物色得之，大怒，乃投像于秽渎之中。商见之，沐以净水，挟之吴中，未卜所厝，是夜梦神来别。既征僧梦，乃集同侣舍材构宇于思灵寺，寺僧足寻愈。于是杨山太尉香火尽迁于周殿，远近奔走如骛。太守周公欲止巫风，于太尉生辰日封锢其门，不许礼拜，而并封周宣灵王殿。逾月始开，则周庙绝无肸蚃④，而太尉之香火如故矣。夫宣灵之灵也，能加毒于老僧，而不能行报于女子之父；能见梦于徽商，而不能违令于郡守之封，且也能骤夺一时之香火，而终不能中分久后之人心。岂神之盛衰亦有数邪，抑灵鬼凭之，不胜阳官而去乎？因附此为随俗媚神者之戒。

【注释】

①震：黄震，字东发，南宋慈溪（今属浙江省）人，官累史馆检阅、提点刑狱等。广德：路名，今安徽广德、郎溪等地。

②徼（jiǎo）：祈求。

③阊（chāng）门：古城门名，指今苏州城西门。

④肸蚃（xī xiǎng）：分享祭品。

【译文】

宋朝人黄震任广德通判时，广德地方有一种风俗：将自己绑起来，拷打自己，以此向神明祈祷求福。黄震在庙中见一人恰巧在做这种事，就叫他来问，没想到那个人居然是个士兵，黄震命令他自己陈明罪状。

士兵说：『没有。』

黄震说：『你的罪状必定很多，但不敢对别人讲，因此请求神明赦免你的罪。』

于是命人用杖打他，又把他赶走。从此这种习俗才断绝。

【梦龙评】我家乡杨山有座太尉庙，在东城，很灵，专治人间痔疮等症。这座庙平日香火不断，而六月廿四日是太尉生辰，香火更盛。万历辛丑、壬寅年间，城里思灵寺有一个老和尚，梦见一个神，自称是周宣灵王，现在住在齐门徽郡某商人处，求老和尚帮忙募款建一座庙安居，并说他一定会保佑老和尚。老和尚醒来后，心想梦是虚妄的，因而不加理会。三天后，老和尚梦见神很气愤，杖打他的一只脚。第二天，老和尚脚痛得不能走路，就派他的徒弟到齐门去查看，神像果然在那里。这座神像原来在徽郡的某寺，一向以灵验出名的。

有个女子半夜和人私通而怀孕，料想事情一定败露，就骗她父亲说半夜有神来找她做伴，此神相貌雄伟，衣冠整齐，父亲信以为真，嘱咐她说：『神再来时，用绳子绑在神脚上以做证。』女子将这句话告诉情人，于是用草绳系在周宣灵王木偶脚上。女子的父亲到处找寻，找到周宣灵王，很生气，就将神像丢进脏水沟里。商人见到了，捡起来洗干净，带回吴县，尚未选好安置的地方。当天夜里，他梦见神来告别，又从和尚的梦得到证验，就集合同伴捐赠建材，在思灵寺建筑殿宇，老和尚的脚很快就痊愈。于是杨山太尉的香火都迁移到周宣灵王殿来，远近的人都赶着来进香。

周太守想阻止这件迷信，于是在太尉生辰日把太尉庙和周宣灵王殿一并封闭，不许百姓祭拜，一个月后才打开。此后周宣灵王殿不再有人奉拜，而太尉庙的香火仍旧一如从前。周宣灵王的灵，能加害老和尚，而不能报复女子的父亲；能托梦给徽郡的商人，而不能违抗郡守的封闭祠殿；能骤然抢夺一时的香火，却不能长久系住人心，难道是神的盛衰也有机运吗？还是灵鬼依附着，却敌不过阳间的官吏而离去呢？附上此段文字，作为盲目随俗谄媚鬼神者的警诫。

贺齐木棒抗符咒

贺齐①为将军，讨山贼。贼中有善禁者，每交战，官军刀剑不得击，射矢皆还自向。贺曰：『吾闻金有刃者可禁，虫有毒者可禁。彼能禁吾兵，必不能禁无刃之器。』乃多作劲木白棓②，选健卒五千人为先登。贼恃善禁，不设备。官军奋棓击之，禁者果不复行，所击杀万计。

【注释】

①贺齐：字公苗，东汉末山阴人，少为郡吏，后拜安东将军，封山阴侯。

②棓（bàng）：同『棒』，棍子。

【译文】

贺齐为将军时，带兵讨伐山贼。山贼之中有位善于使用符咒的人，每次交战，官兵的刀剑都无法攻击贼兵，射出去的箭又转回来。

贺齐说：『我听说有刃的兵器可以施符咒，有毒的虫也可以施符咒，他们能对我们的兵器施符咒，但必定不能对无刃的兵器施符咒。』

因此贺齐派人制造了很多坚硬的白木棒，选健壮的士卒五千人为先锋冲上贼寨。贼兵仗着符咒妖法不设防备，官兵以白木棒重击，符咒果然行不通，于是杀死贼兵上万人。

萧瑀正气压诅咒

唐萧瑀①不信佛法。有胡僧善咒，能死生人。上试之，有验。萧瑀曰：『僧若有灵，宜令咒臣。』僧奉敕咒瑀，瑀无恙，而僧忽仆。

【注释】

①萧瑀（yǔ）：字时文，唐南兰陵，仕隋历河池太守，仕唐累拜左仆射、御史大夫。

【译文】

唐朝人萧瑀不信佛法。有个胡僧善于咒术，能让活人死亡。皇帝让他试试，果然灵验。萧瑀说：『胡僧诅咒假如有灵，让他对微臣诅咒。』胡僧奉命诅咒萧瑀，结果萧瑀没事，而胡僧自己忽然倒地死亡。

李宰相清除禁忌

李忠公之为相也，政事堂有会食之案，吏人相传：『移之则宰臣当罢，不迁者五十年。』公曰：『朝夕论道之所，岂可使朽蠹之物秽而不除？俗言拘忌，何足听也！』遂撤而焚之，其下锥去积壤十四畚①，议者伟焉。

【注释】

①畚（běn）：古用竹编制成的盛器，即畚箕。

【译文】

唐朝李忠公（当指李晟，德宗时拜司徒兼中书令，谥忠武）当宰相的时候，政事堂（中书省内宰相议事之所）有一会餐的桌案，吏役们都互相传诵：『这个桌子若移动了，宰相当被罢官。这张桌子五十年没有人移动过。』李忠公说：『政事堂是宰相朝夕议事之所，怎么能使腐朽肮脏之物污秽而不除掉呢？俗传之言拘畏忌，不值得听从！』于是就把这个桌案撤下并焚烧了，桌下除出堆积的垃圾达十四畚箕，议论者都说这一招很高明。

经务卷八上

【导读】

本卷主要收集了历代贤臣富国强兵的策略。一是储蓄钱粮，荒年时赈济百姓。唐代刘晏重视国库收入，倡转祟以救灾，以官主船漕而息民困，创常平盐之法以便利于民；北宋的朱熹设社仓以备荒年；明代的周忱创平米法以苏民困；富弼、滕元发以简尽之法招抚流民；明代的原杰招流民，垦闲田，既理生计，又供赋役……皆是以养民为先的知本之法。二是改革军制，行军屯之法，既解决了军粮匮乏，又减轻了百姓负担。唐代的李泌倡议供给士兵种子、牛、农具让士兵开垦荒田，以恢复府兵制度，就是典型的例子。三是想方设法劝民农桑、助民农桑。苏轼、张虚、李若谷、赵昌言兴修水利以灌溉农田，张全义奖励蚕、麦善收者，范纯仁令犯罪者植桑除罪，马殷令输税者以帛代钱等，都鼓励了农桑事业的发展。四是节俭。陶侃收集锯木屑、竹子根，明代的郑晓修建宫城利用废料以减少开支，涂果改用旧砖石以建宫苑，贺盛瑞修毁坏之仪仗，陈懋仁以毁坏之兵器、雨湿之火药发给兵士以抵下卒征额，皆是勤俭节约之优良行为。

【原文】

中流一壶，千金争挈①。宁为铅刀②，毋为楮叶③。错节盘根，利器斯别。识时务者，呼为俊杰。集《经务④》。

【注释】

①中流一壶，千金争挈：语出《鹖冠子·学问》：『贱生于无所用，中流失船，一壶千金。』谓物之价贱是因为它无所用之处。葫芦不能食，价甚贱，但如在河之中心翻了船，那一个葫芦就价值千金了，因为葫芦可以济人渡水。壶，通『胡』，指葫芦。此处作『千金争挈』，言出价虽至千金，也为众人争着要。这里用『中流一壶』比喻在最危难的境地提供的生路，虽然平时看着凡庸，但却是千金难买的良策。

②铅刀：以铅做的刀，极软钝。班固《答宾戏》：『搦朽磨钝，铅皆能一断。』即铅虽钝，但也有能用它的时候。

③楮叶：《韩非子》中说，宋人有造假楮叶者，三年而成，可以乱真。列子闻之，曰：『使天地三年而成一叶，则物之有叶者寡矣。』故《砚史》云：『楮叶虽工，无补于宋人之用。』而李商隐有『良工巧费真为累，楮叶成来不值钱』之句。

④经务：经国济民之事务。

【译文】

渡河中卖一壶酒，大家都会出高价；宁可做一把拙钝的刀子，不要成为中看不中用的玩物；碰到盘根错节时，才能分清器具的利钝；识时务的人，才是俊杰。所以，辑有《经务》一卷。

刘晏善做转运使

唐刘晏①为转运使时，兵火之余，百费皆倚办于晏。晏有精神，多机智，变通有无，曲尽其妙。尝以厚值②募善走者，置递相望，觇报四方物价，虽远方，不数日皆达，使食货轻重之权，悉制在掌握，入贱出贵，国家获利，而四方无甚贵、甚贱之病。

晏以王者爱人不在赐与，当使之耕耘织纴，常岁平敛之，荒则蠲救之。诸道各置知院官，每旬月，具州县雨雪丰歉之状。荒歉有端，则计官③取赢，先令蠲④某物、贷某户，民未及困而奏报已行矣。议者或讥晏不直⑤赈救，而多贱出以济民者，则又不然。善治病者，不使至危惫；善救灾者，不使至赈给。故赈给少则不足活人，活人多则阙国用，国用阙则复重敛矣。又赈给多侥幸，吏群为奸，强得之多，弱得之少，虽刀锯在前不可禁——以为『二害』⑥。灾沴之乡，所乏粮耳，他产尚在，贱以出之，易以杂货，因人之力，转于丰处，或官自用，则国计不乏；多出菽粟，资之粜运，散入村闾，下户力农，不能诣市，转相沿逮，自免阻饥——以为『二胜』。

先是，运关东谷入长安者，以河流湍悍，率一斛得八斗⑦，至者则为成劳，受优赏。晏以为江、汴、河、渭，水力不同，各随便宜造运船，江船达扬州，汴船达河阴，河船达渭口，渭船达太仓。其间缘水置仓，转相受给。自是每岁运谷至百余万斛，无升斗沉覆者。又州县初取富人督漕輓。谓之『船头』；主邮递，谓之『捉驿』；税外横取，谓之『白著』。人不堪命，皆去为盗。晏始以官主船漕，而吏主驿事，罢无名之敛，民困以苏，户口繁息。

【梦龙评】晏常言：『户口滋多，则赋税自广。』故其理财常以养民为先，可谓知本之论，其去桑、孔远矣！王荆公但知理财，而实无术以理之；亦自附养民，而反多方以害之。故上不能为刘晏，而下且不逮桑、孔。

晏专用榷⑧盐法充军国之用，以为官多则民扰，故但于出盐之乡置盐官，取盐户所煮之盐，转鬻于商人，任其所之，自余州县不复置官。其江岭间去盐乡远者，转官盐于彼贮之；或商绝盐贵，则减价鬻之，谓之『常平盐』，官获其利，而民不困弊。

【梦龙评】常平盐之法所以善者，代商之匮，主于便民故也。若今日行之，必且与商争鬻矣。

【注释】

①刘晏：唐玄宗时举贤良方正，肃宗、代宗时历任京兆尹、户部侍郎、吏部尚书、同中书门下平章事及度支、盐铁、转运、铸钱等使，掌国家财赋达二十年，为历史上著名理财家，他改进漕运、整顿盐法、稳定物价，改善了安史之乱后财政的困境。德宗初为杨炎构陷，诛死。

②厚值：优厚的佣金。

③计官：掌会计、统计之官，即前所谓知院官。

④蠲：免征。

⑤直：直接。

⑥二害：于国于民皆有害，故云二害。

⑦率一斛得八斗：计入在河中运输的损失，大体上平均运一斛十斗，可以运到八斗。

⑧榷：专卖。

【译文】

唐代大臣刘晏（字子安。肃宗、代宗时，历任京兆尹、户部郎、吏部尚书、同中书门下平章事及度支、盐铁、转运、铸钱等使，是历史上著名理财家）做转运使时，正值安史之乱后，所有的费用全都依靠刘晏筹措办理。刘晏精力充沛，而且机智多谋，能变通有无，曲尽其妙。曾经用重金招募擅长来回奔走之人，设置很多互相可望见、能迅速传递信息的驿站，侦察报告四方的物价，即使是很远的地方，用不了几天也能很快地传送回来。这样，就能使商品价格的高低的平抑之权都控制在自己手中。贱买贵卖，国家还能获得利润，而全国各地也没有哪一个地方物价太高或太低的弊病。

刘晏认为统治者爱民并不在于赏赐给予多少，应当让他们自去种庄稼与纺纱织布，正常年景按照国家规定的标准征收赋，若遇到荒年，全国分为十道，各道各设知院官，每月或旬向中央汇报一次州、县下雨、下雪和丰收、歉收的情况。荒年歉收有个征兆，就让主财务与出纳之官取出盈余，先让蠲免什么物品、谁该救济，百姓还没有到最困难的时候，汇报的情况已批复执行了。议论者有的讥笑刘晏不是直接救济贫困者，而是采用贱卖用来救济百姓，这就又不对了。擅长治病的人，不让病人到疲惫危险的地步；善于救灾的人，也不让灾情严重到必须赈济的程度。所以说救济得少，就满足不了人们维持生命所需，救济人过多，国家费用就短缺，国家费用短缺，反过来就要加重对百姓征收赋税。又比如在救济时，有的也可能灾轻而救济得多，或灾重而救济得少，更为严重者，官吏朋比为奸，以致造成谁强悍就得到救济多，谁软弱就得到救济少，虽然刀割据刖之刑在前，也制止不了于国于民有害的『二害』之事。旧时由于阴阳二气不和而造成的灾害乡村，所缺乏的是粮食，其他的产品往往可维持正常的供应，以低廉的价格卖粮给他们，换回一些日用杂货，借助人的劳力，再转运到丰收地方去卖。有的可供官府自用，这样国家的经济就不会匮乏；国库里多卖出一些谷物，借助那些转运卖粮食的人，直接运到乡村闾巷，乡村贫困百姓，不能熟悉市易之事，转而相互直接交换，自然免去市场风险，又保证免于饥荒，这就是利国利民的『二胜』之事。

以前，把函谷关或潼关以东地区的谷物运进都城长安，因为水急浪猛，大约是运一斛得八斗，运到的人则因其成功与辛劳而受到优厚的奖励。刘晏认为长江、汴水、黄河、渭水诸河，水力的大小不同，应该根据各自的不同情况，制造适合某条水系的运输船只，长江之船从江南到达扬州，汴河之船自扬州到河阴，黄河之船自河阴到渭口（渭水入黄河之河口，在今陕西华阴东），渭河之船自渭口到达京城长安官仓。在各个阶段之间沿岸设置仓库，转相收粮和支粮。从此，每年互相运送粮食达百万斛以上，没有因沉船而使运粮食受到升斗损失过。另外，州县原来抽取富贵之家监督漕粮运输，称之为『船头』；受官府派遣负责邮递工作的人，称作『捉驿』；在正税以外，巧立名目，敲诈百姓叫『白著』。人民都无法承受，所以都去做了强盗。根据这种情况，刘晏开始用州县官去主持船泊漕运粮食之事，用其僚属吏去负责邮递驿站之事，废除不符合国家规定的一切赋税，从此姓的困苦得到一些缓解，人口也逐渐繁衍增多了。

【梦龙评】刘晏常说：『人口多，赋税自然多。』因此他理财常常是先养民，可谓是懂得根本的道理，比汉代理财专家桑弘羊与孔仅好得太多了。王荆公只知道理财，而实际上没有理财的办法，他也自认为在养民，结果反而多方残害人民，因此比上不如刘晏，比下也不及桑、孔。

刘晏实行盐业专卖制度，以充实国家与军队之财用。他认为官多了就会使人民受到侵扰，所以确定只在产盐之乡设置负责盐专卖之官，收取盐户所煮成的盐转卖给专门负责盐的销售的商人，任其到各地去销售。

其余州县都不再专门设置盐官。长江及岭南地区离产盐地方远的，把国家收购的盐转运到那里储存起来；有时商人绝迹，盐的价格上涨了，就减价卖给消费者，称为『常平盐』，国家直接获取商业利润，而老百姓的负担也减轻了，并革除了许多弊端。

【梦龙评】『常平盐』的方法之所以理想，在于处在供应短缺时，可补充正常商业行销的不足，而满足人民需求的缘故。如果在当今这种正常的时候推行，必定会造成政府和商人争利。

李悝始创常平仓

李悝[①]谓文侯曰：『善平籴[②]者，必谨观岁，有上、中、下熟：上熟其收自四，余四百石；中熟自三，余三百石；下熟自一，余百石；小饥则收百石，中饥七十石，大饥三十石。故上熟则上籴三而舍一，中熟则籴二；下熟则籴一，使民适足，价平则止。小饥则发小熟之所敛，中饥则发中熟之所敛，大饥则发大熟之所敛而籴。故虽遭饥馑水旱，籴不贵而民不散，取有余而补不足也。』行之魏国，国以富强。

【梦龙评】此为常平义仓[③]之祖，后世腐儒乃以尽地力罪悝。夫不尽地力，而尽民力乎？无怪乎讳富强，而实亦不能富强也。

【注释】

①李悝：战国时法家，曾任魏文侯相。

②平籴（dí）：古时由国家在丰年里收购粮食并加以储存，预备荒年时发售，以稳定粮价的做法。平价购进粮食为『平籴』，平价出售粮食为『平粜』。

③常平义仓：汉以后历代政府为『调节粮价，备荒赈恤』而设置的粮仓，以便于谷贱时收进，谷贵时卖出。

【译文】

李悝对魏文侯说：『实行平籴法来稳定粮食，必须十分谨慎地观察岁收的情形。一般的丰年可分为上、中、下三等：上熟收成是平时的四倍，一般农民家庭一年可剩余四百石米粮；中熟收成是平常的三倍，剩余三百石米粮；下熟收成是平时的两倍，剩余二百石米粮。荒年也可分三等，小饥收成是一百石，中饥收成是七十石，大饥收成是三十石。

『因此在上熟时，由官府收购三百石，留给百姓一百石；中熟时收购二百石；下熟时收购一百石，使百姓粮食足够消费，又不会因谷多而造成价格低廉。小饥时就发售小熟时所收购的粮食，中饥时发售中熟所收购的米粮，大饥时发售大熟收购的米粮。因此即使遭遇水灾、旱灾等大小饥馑，米价也不会腾贵，人民也不致离散，这是取有余来补不足的道理。若能在魏国实行，国家就能富强。』

【梦龙评】这是常平仓的始祖，后世一些迂腐的儒者，却以竭尽地力来责罪李悝，不竭尽地力难道要竭尽民力吗？难怪这些不敢谈富强之道的腐儒，实际上也无能力能让国家富强。

朱熹创立社仓法

乾道四年，民艰食，熹[1]请于府，得常平米六百石赈贷。夏受粟于仓，冬则加息以偿歉，蠲其息之半，大饥尽蠲之。凡十四年，以米六百石还府，见储米三千一百石，以为『社仓[2]』，不复收息。故虽遇歉，民不缺食。诏下熹社仓法于诸路。

【梦龙评】陆象山[3]曰：社仓固为农之利，然年常丰、田常熟，则其利可久；苟非常熟之田，一遇岁歉，则有散而无敛；来岁秧时缺本，乃无以赈之。莫如兼制平籴一仓，丰时籴之，使无价贱伤农之患；缺时粜之，以摧富民封廪腾价[4]之计。析所籴为二，每存其一，以备歉岁，代社仓之匮，实为长便也。

听民之便，则为社仓法；强民之从，即为青苗法矣。此主利民，彼主利国故也。

今有司积谷之法，亦社仓遗训，然所积只纸上空言，半为有司干没[5]，半充上官，无碍钱粮之用。一遇荒歉，辄仰屋窃叹，不如留谷于民间之为愈矣。噫！

何良俊《四友斋丛说》[6]云：『今之抚按有第一美政所急当举行者：要将各项下赃罚银，督令各府县尽数籴谷；其有罪犯自徒流以下，许其以谷赎罪。大率上县[7]每年要谷一万，下县五千。两直隶巡抚下有县凡一百，则是每年有谷七十余万，积至三年，即有二百余万矣。若遇一县有水旱之灾，则听于无灾县份通融借贷，俟来年丰熟补还，则东南百姓可免于流亡，而朝廷于财赋之地永无南顾之忧矣。善政之大，无过于此！』

【注释】

①熹：朱熹。

②社仓：积谷备荒的义仓。始于隋代，因为乡社所设，并自行经营管理，故名。此为官府所设，而沿用其名。

③陆象山：陆九渊，讲学于贵溪之象山，学者称象山先生。与朱熹同时，而论多不合。

④封廪腾价：封住米仓不出售，以抬高米价。

⑤干没：吞没。

⑥何良俊《四友斋丛说》：何良俊，明嘉靖中以岁贡生入国学，特授南京翰林院孔目。弃官后与张之象、文征明等交游。博学多闻。所著《四友斋丛说》三十八卷。本条所引在第十三卷。

⑦上县：上等富足的县份。

【译文】

宋孝宗乾道四年，百姓缺乏粮食，朱熹求救于官府，借到常平仓米六百石来施救。夏天从社里的谷仓借米粮，冬天加利息偿还。歉收时免除一半利息，大饥荒时利息全免。十四年后，六百石米如数归还官府，尚有储米三千一百石，作为社仓，不再收利息。所以虽然遭到歉收，百姓也不担心缺乏粮食。

因此孝宗下诏，使朱熹的社仓法在各路推行。

【梦龙评】陆象山说：『社仓固然是为农民的利益着想，然而要常年丰收，这种制度才可保持长久。如果没有可常年丰收的田地，一遇到歉收，则社仓的米只有借出而没有收入，来年播种时缺少种子，仍旧无法施救。不如同时设立一个平籴仓，丰收时买入米粮，防止价贱伤农的祸害；歉收时出售米粮，以防止富家囤积粮食，抬高价格来获取暴利。把买进来的米粮分存两个仓库，其中一个仓库的存粮保留起来，不随便使用，作为歉收的年头所用，用这种方法来替代动辄匮乏的社仓，显然比较有功效。』

顺从百姓的方便，是社仓法；强制人民听从的，则是青苗法。这是因为前者主张利民，后者主张利国的缘故。如今官吏积存谷物的方法，也是社仓的遗训。然而所积的只是纸上的空言，一半已被负责官吏据为己有，一半变成朝廷非正常调用的钱粮来源。一碰到荒年歉收，除了摇头叹息，毫无办法，不如不要设置，单纯地把谷物留在民间的好。唉！

何良俊《四友斋丛说》中说：『当今地方首长的真正德政，当务之急是将各项赃款及罚银，督促各府县隶全数购买谷物。犯徒刑、流放以下的罪犯，准他们用谷物来赎罪。大致上大县每年要买谷一万石，小县要买五千石。两直隶巡抚之下有一百个县，则每年就有七十多万石谷物。累积三年之后，就有两百多万石了。如若遇到一个县有水旱灾，就向无灾害的县通融借贷，等来年丰收的时候补还，则各地百姓就免于流离，而朝廷对那些供应政府财政支出的重点税收地区，也永远不需担忧荒年歉收的问题。这就是最大的德政，没有比这更好的了。』

程明道廉洁爱民

河东路[1]财赋不充，官有科买[2]，则物价腾踊，岁为民患。明道先生度所需，使富家预备，定其价而出之。富室不失息，而乡民所费比旧不过十之二三。民税粟常移近边，载往则道远，就籴则价高。先生择富民之可任者，预使购粟边郡，所费大省。

【梦龙评】用富民而不扰，是大经济，亦由廉惠实心，素孚于民故。不然，令未行而谤已腾矣。

【注释】

①河东路：古路名，相当于今山西省内长城以南等地区。

②科买：征购。

【译文】

北宋时，河东路财税收入不足，官府科派民间购纳物产，所以物价猛涨，每年都称为民间的一大祸害。明道先生（程颢，死后文彦博采众论，题其墓曰明道先生。时为晋城县令）估计财用所需，首先使富裕之家做些准备，定好价格让他们去出售。富家卖了也还能获一些利润，而百姓所花费和过去相比也不过十分之二三。百姓交纳田赋粟米，常被要求运往接近宋辽边境之处，运往的道路很远，到边境之地购粮交纳价格又太高，于是程颢就选择了富裕之家可以任用的，让他们预先到边郡去购买粮食，所需费用大为节省。

【梦龙评】任用富民而不剥削他们，实在是最佳的经世安民的方法，然而这也是由于程明道有廉洁爱民的心，一向受人民信任的缘故。不然政令尚未实施，而流言已满天遍地了。

刘涣为民保管牛

治平[①]间，河北凶荒，继以地震，民无粒食，往往贱卖耕牛，以苟岁月。是时刘涣[②]知澶州，尽发公帑之钱以买牛。明年震摇息，逋民归，无牛可耕，价腾踊十倍。涣以所买牛，依元直[③]卖与，故河北一路，唯澶州民不失所。

【注释】

①治平：宋英宗赵曙年号。

②刘涣：为将做监主簿，监并州仓。后历任诸州，有治声。为人有才略，尚气不羁，临事不避。

③元直：原价。

【译文】

宋英宗治平年间，河北发生大灾荒，继而又发生地震，致使百姓粮食尽空，甚至把耕牛廉价出售，苟延残喘。刘涣当时在澶州任知州，把公款全拨出来买牛。次年，地震停了，离散的人都回来，却没有牛耕田，牛价上涨十倍。刘涣把所买的牛依原价卖出。因此河北路各州，只有澶州人民不致颠沛流离。

吴潜订立义船法

先是制置使司岁调明[①]、温、台三郡民船防定海，戍淮东、京口[②]，船在籍者，率多损失。每按籍科调，吏并缘为奸，民甚苦之。吴潜[③]至，立『义船法』，令三郡都县各选乡之有材力者，以主团结。如一都岁调三舟，而有舟者五六十家，则众办六舟，半以应命，半以自食其利，有余赀，俾蓄以备来岁用。凡丈尺有则，印烙有文，调用有时，着为成式。其船专留江浒，不时轮番下海巡绰。船户各欲保护乡井，竟出大舟以听调发，且日于三江合兵、民船，阅之，环海肃然。设永平寨于夜飞山，统以偏校，饷以生券，给以军舰，使渔户有籍而行旅无虞。设向头寨，外防倭丽，内蔽京师。又立烽燧，分为三路，皆发轫于招宝山，一达大洋壁下山，一达向头寨，一达本府看教亭。从亭密传一牌，竟达辕帐，而沿江沿海号火疾驰，观者悚惕。

【梦龙评】海上如此联络布置，使鲸波蛟穴之地如在几席，呼吸相通，何寇之敢乘！

【注释】

①明：明州，在今浙江甬江流域。

②京口：古城名，故址在今镇江市。

③吴潜：字毅夫，南宋宣州宁国（今属安徽省）人，嘉定进士，官至左丞相。

【译文】

从前，南宋朝廷设置的负责经营谋划边防军务的制置使司，每年调遣明州、温州、台州（浙江临海县）三郡的民船，以防元军从海路攻定海（今浙江镇海县），戍守淮东（指安徽淮河以南地方）、京口（江苏镇江市），登记在册的船只大都损失掉了。每当制置使司按登记的名册抽调时，一些官吏趁此机会敲诈勒索，使得老百姓深受其苦。吴潜（字毅夫。累官参知政事，进左丞相，封许国公）担任沿海置制大使，到任后，就订立『义船法』，让三郡所有都县都选出乡里最有才干的人，把这些船只组织起来加以训练。如果一都只抽调三只船，而登记有船的一共有五六十家，那么就大家合伙办六只船，交出三只船应调，剩下的三只船归自己使用，用它搞运输或别的营业性劳动，赚回的钱除维持生活外还有富裕，把富裕的部分储存起来，以供来年之用。凡船身的宽窄长短都有一定的规格与要求，应调的船都烙有记号，抽调使用都有固定的时间安排，形成了一套完整的制度。所有抽调的船只都专门留在了江边，不定时地轮流下海巡视警戒。船户们都愿意保护自己的家乡，都争着驾大船来听候调遣，天亮时在三江口集合兵船、民船进行检阅，环海气氛肃然。吴潜又在夜飞山永平寨（今福建武平县北永平，明初改置为巡检司），派次级军官去进行统领，发给维持生活的票据，供给巡视及作战军舰，把民都编好户籍，统一管理，来往行旅之人也得以保护安全。建向头寨对外可以防止倭寇侵袭，对内可以保护京师。还建立有情况白天放烟、夜间举火的传递警报系统，共分为三路，都从招宝山（本名候涛山，在今浙江镇海县东海之中）启行，一路直接通到大洋壁下山，一路直通向头寨，一路直接通到本府看教亭。看教亭秘密传发一道令牌，一直传到大本营，而沿江沿海的烽传递飞驰，观者均感到恐惧。

【梦龙评】这样的联络装置，使海中险要的地方如置于案桌之上，声息相通，有什么海贼还敢作乱？

李泌恢复府兵制

唐制：府兵[1]平日皆安居田亩，每府有折冲[2]领之。折冲以农隙教习战阵，国家有事征发，则以符契下其州及府，参验发之。至所期处，将帅按阅，有教习不精者，则罪其折冲，甚者罪及刺史。军还，则赐勋加赏，便道罢之。行者近不逾时，远不经岁。高宗以刘仁轨[3]为洮河镇守，以图吐蕃，始有久戍之役。武后以来，承平日久，武备渐弛。开元之末，张说始募长征兵，谓之彍骑[4]，其后益为六军。及李林甫为相，诸军皆募人为之；兵不土著，又无宗族，不自重惜，祸乱遂生。德宗与李泌议，欲复旧制，泌对曰：『今岁征关东卒戍京西者十七万人，计粟二百四万斛。国家比遭饥乱，经费不充，未暇复府兵也。』上曰：『亟减戍卒归之，如何？』对曰：『陛下诚能用臣之言，可以不减戍卒，不扰百姓，粮食皆足，粟麦日贱，府兵亦成。』上曰：『果能如是乎？』对曰：『此须急为之，过旬月不及矣。今吐蕃久居原、兰之间，以牛运粮，粮尽牛无所用。请发左藏恶缯，染为采缬，因党项以市之，每头二三尺，计十八万匹，可致六万余头。又命诸冶铸农器，籴麦种，分赐缘边军镇，募戍卒耕荒田而种之。约明年麦熟，倍偿其种，其余据时价五分增一，官为籴贮，来春种禾亦如之。关中土沃而久荒，所收必厚，戍卒获利，耕者浸多。边居人至少，军士月食官粮，粟麦无以售，其价必贱，名为增价，实比今岁所减多矣。』上曰：『卿言府兵亦集，如何？』对曰：『戍卒因屯田致富，则安于其土，不复思归。旧制戍卒三年而代，及其将归，下令有愿留者，即以所开田为永业，家人愿来者，本贯给长牒，续食而遣之。据募应之数移报本道，虽河朔诸帅，得免代戍之烦，亦喜闻矣。不过数番，卒皆土著，乃悉以府兵之法理之，是变关中之疲弊为富强也！』

【梦龙评】屯田之议始于赵充国⑤，然羌平，遂罢屯田。又置金城⑥属国以处降羌，则善后之策未尽也。邺侯因戍卒成屯田，因屯田复府兵，其言凿凿可任，不知何以不行。

【注释】

①府兵：府兵制，西魏始建，唐沿用。

②折冲：唐时掌管府兵操演、调度和戍卫京师事务的官员，称为折冲都尉，副职称左右果毅教尉。

③刘仁轨：字正则，唐尉氏人，拜尚书左仆射。

④彍（guō）骑：唐玄宗开元年间，朝廷招募府兵和白丁，每年宿卫两番（两个月），免除出征、镇守的负担，故称为『长从宿卫』。不久改称为『彍骑』。

⑤赵充国：字翁孙，西汉陇西上邽（今甘肃天水西南）人，武帝、昭帝时，因率军反击匈奴贵族有功，先任后将军，后封营平侯。

⑥金城：古郡名，今甘肃省兰州市以西、青海省青海湖以东等地区。

【译文】

唐朝的制度：府兵平日都安居耕作，每府有折冲领导。折冲利用农闲的时间教导府兵作战布阵之法。国家有战争须征调，就下符节契券等信物到府、州，验证明确后，发兵到指定的地点，由将帅检阅。有战术不够精练的，就处罚领头折冲，甚至降罪刺史。军队回来时，依功劳加以赏赐，然后在归途中解散。所以外出作战，时间短的不超过一个季节，时间长的也不满一年。

高宗时，派刘仁轨镇守洮河，打算进攻吐蕃，所以才有长久戍守的征役。武后以来，太平的日子长久，军备于是渐渐废弛。

开元末年，张说才招募长期的士兵，称为『彍骑』，后来更增加为六军。到李林甫为宰相时，各路军队都由募兵组成，士兵既不是本土的人，又没有宗族，没有爱乡的观念，祸乱于是发生。所以德宗与李泌商议，欲恢复往日的制度。

李泌说：『今年征关东军来防守京西的士兵达十七万人，总计米粮要二百四十万斛。国家刚遭逢饥荒战乱，经费不足，一时还无法恢复府兵制。』

德宗说：『赶紧减少戍守的士兵，放他们回去怎样？』

李泌说：『陛下真能采用微臣的建议，可以不必减少戍守的士兵，也不会骚扰人民，粮食可以充足，米麦价格将日渐低廉，府兵制也可以恢复。』

德宗说：『真能这样吗？』

李泌说：『这需要立刻去办，过十天一个月以后就来不及了。目前吐蕃长久居住在原州、兰州之间，他们一直是用牛运粮草，粮食运完后，牛就没有用了。请陛下派人取出库藏的劣质布帛，染成彩色的，借着党项人卖给吐蕃，每头牛只需花费两三匹布，总共十八万匹，可以买到六万余头牛。又下令由公家冶炼铸造农器，买入麦种，配给边境的军队，招募戍卒耕种荒田，规定明年麦子成熟后，加倍偿还麦种，其他的由官府以时价加五分之一买进，存在官设的仓库，明年春天种禾谷时也如此办理。

『关中地方土壤肥沃而长久荒废，耕种之后收成一定很好。戍卒获利后，愿意耕田的人必渐渐增多。边境上居民很少，军士每个月都吃官粮，米麦无法出售，价格必定低廉，表面上是比市价提高五分之一收购，其实定会比今年收购的价格下降。』

德宗说：『你说府兵也可以办成又如何说呢？』

李泌说：『士兵由于屯田而致富，就会在他们所耕的土地上安居下来，不想回乡。旧制戍卒三年以后，就由新的士卒替代。在这批旧的戍卒解甲归去时，由官方下令，愿意留下来的士兵就以所耕的田给他们做永久的产业。他们的家人愿意迁来的，由原籍官府发通牒将他们送来，沿途由官府供给食物，再依据招募的人数报告本道，这样就连河朔各路的元帅也会因免除戍卒替代的麻烦而欣喜万分。用不了几次，戍卒都成为土著，就完全可以用府兵的方法来管理他们，如此就可把关中今日的疲弊化为富强了。』

【梦龙评】屯田的建议始于赵充国。然而在平定羌人以后就废除了，又设置金城郡来安置投降的羌人，处理善后的策略未尽完善。邺侯借着戍卒来屯田，又借着屯田恢复府兵，言论听起来十分可行，不知道为什么不见实行。

张需善治理人民

张需长于治民，先佐郧州①，渠有淤者，废水田数十年，守相继者莫能疏。需甫至，守言及此，惮于动众。需往看之，曰：『若得人若干，三日可毕。』守怪以为安。需乃聚人得其数，各带器物，分量尺数，争效其力，三日遂毕。守大惊，以为神助。迁霸州②守，见其民游食者多，每里置一簿，列其户，每户各报男女大小口数，派其舍种粟麦桑枣，纺绩之具、鸡豚之数，遍晓示之。暇则下乡，至其户簿验之，缺者罚之。于是民皆勤力，无敢偷惰。不二年，俱有恒产，生理日滋。

【注释】

①郧州：在今湖北安陆县。

②霸州：古州名，治今河北霸州市及其东南子牙河一带。

【译文】

明朝人张需善于治理人民。先是他担任郧州的佐吏，当地河渠淤积，水田废弃了数十年，历任太守都无法疏通。张需才到任，太守就和他谈论这件事，担心疏理河渠太劳动民众。

张需前往察看，说：『如果找若干人，三天就可以做完。』

太守非常奇怪，以为他随便说说。张需找到需要的人后，亲自带着器具，分别量好长度，人们争着效力，果真三天就做好了。太守很惊奇，以为有神相助。

后来张需转任霸州太守，看见很多人到处乞讨，因此在每一里放置一本簿子，列出乞丐的户口，每户都要报告男女大小人口的数目，派他们一起种植米、麦、桑、枣，纺织的器具、鸡猪的数目，都明白地标示出来。

闲暇之时，张需就下乡去查验户簿，有短缺的就加以处罚。于是百姓都勤勉努力，不敢偷懒。不到两年，百姓都有固定财产，生计日渐富足。

赵开灵活用法令

赵开[①]既疏通钱引，民以为便。一日，有司获伪引三十万，盗五十人，议法当死。张浚欲从之，开曰：『相君误矣，使引伪，加宣抚使[②]印其上，即为真矣。黥[③]其徒，使治币，是相君一日获三十万之钱，而起五十人之死也。』浚称善。

【梦龙评】不但起五十人之死，又获五十人之用，真大经济手段！三十万钱，又其小者。

【注释】

①赵开：字应祥，北宋安居人，天符进士，初为转运判官，统领四川财赋，后官终右文殿修撰都大主管。

②宣抚使：官名，巡视经过战争及受灾地区的朝官，宋多以宰执大臣充任，负责督察军事重任，职位高于安抚使。

③黥（qíng）：古代的一种刑罚，即墨刑的异称。

【译文】

宋朝时赵开促成钱引通行后，百姓都认为十分方便。有一天，官吏查获伪造钱引三十万。盗印的五十人，依法应当处死。

张浚欲依法而行，赵开说：『大人错了。假如钱引是假的，加盖宣抚使印以后，就是真的了。盗印的人处以黥刑，然后派他们去印钱引，这样您一天就得到三十万钱，而救活五十人。』

张浚认为非常好。

【梦龙评】不但救活五十人，又得到五十人可用，真是最划算的做法，比起来，三十万钱只是小事而已。

诸葛亮登记人口

备依刘表，尝忧兵寡不足以待曹公。诸葛亮进曰：『荆州非少人也，而著籍①者寡。平居发调，则民心不悦。可语刘荆州，令凡有游户，皆使自实，因录以益众可也。』备从其计，其众遂强。

【注释】

①著籍：登记户籍。

【译文】

刘备依附刘表，曾担忧兵少抵挡不了曹操。诸葛亮进言说：『荆州并不是人少，而是登记在籍者少，平安无事时征发抽调百姓去当兵，所以百姓、人民都不高兴，可把这件事跟刘表说了，让所有没有户籍的人，全部自报上户籍，从而录取为兵，以增强兵力。』刘备采纳了诸葛亮的计策，民众果然增强。

陶侃利用废弃物

陶侃①性俭厉，勤于事。作荆州②时，敕船官悉录③锯木屑，不限多少。咸不解此意。后正会，值积雪始晴，厅事前除雪后犹湿。于是悉用木屑覆之，都无所妨。官用竹，皆令录厚头，积之如山。后桓宣武伐蜀，装船悉以作钉。又尝发所在竹篙，有一官长，连根取之，仍当足④，根坚可代铁足，公即超两阶用之。

【注释】

①陶侃：东晋人。少孤贫，为县吏，积功至荆州刺史。为王敦所忌，转广刺史。苏峻叛晋，建康失守。温峤推侃为盟主，击杀苏峻，封长沙郡公，都督八州军事。

②作荆州：任荆州刺史。

③录：收而登记之。

④仍当足：足，撑船所用竹篙，以铁具装其下。

【译文】

晋朝人陶侃生性节俭，做事勤快。他任荆州刺史时，让船官要收集锯木屑，不限数量多少。众人都不了解他的用意。

后来恰逢积雪融化的时候，官府虽前去除雪，但地面仍很湿滑。陶侃于是下令将锯木屑撒在地上，遂能通行无阻。

官方的竹子，陶侃命令要留下粗厚的竹子头，这些竹子头堆积如山。后来桓温伐蜀，竹子头都用来当作造船的竹钉。曾有人挖掘竹子，有一官吏连着竹根挖起，认为竹根部分十分坚硬，可作为竹钉的材料使用，陶侃见了，立刻将此人的官阶提升两阶。

巧匠水中筑长堤

苏州至昆山县凡七十里，皆浅水，无陆途。民颇病涉，久欲为长堤，而泽国①艰于取土。嘉祐中，人有献计：就水中以蘧除刍藁为墙，栽两行，相去三尺；去墙六尺，又为一墙，亦如此；漉水中淤泥，实蘧除中，候干，则以水车汰去两墙间之旧水，墙间六尺皆土，留其半以为堤脚，掘其半为渠，取土为堤；每三四里则为一桥，以通南北之水。不日堤成，遂为永利。今娄门塘②是也。

【注释】

①泽国：水泽遍布的地区。

②娄门塘：苏州城东门称娄门，塘在娄门之外。

【译文】

苏州到昆山县共七十里远，皆是浅水，没有陆路可行。百姓苦于涉水，早想筑长堤，但是水泽之地非常难取土。

宋仁宗嘉祐年间，有人献计，在水中用芦荻干草做墙，栽两行，相距三尺；离墙六丈，又做一墙，做法和前两墙类似；把水中的淤泥沥干，塞在干草中，等干之后，用水车除去两墙之间的旧水；墙与墙之间都是泥土，留一半作为长堤的基础，挖另一半做河渠，把挖出来的土拿来筑堤，每三四里筑一座桥，以打通南北的水域。

不久长堤完成，此地还收到灌溉之利。

丁谓取土修宫室

祥符[①]中，禁中火。时丁谓主营复宫室，患取土远，公乃命凿通衢取土，不日皆成巨堑。乃决汴水入堑中，引诸道竹木牌筏及船运杂材，尽自堑中入。至公门事毕，却以拆弃瓦砾灰壤实于堑中，复为街衢。一举而三役济，计省费以亿万计。

【梦龙评】此公尽有心计，但非相才耳。故曰：小人不可大受，而可小知。

【注释】

①祥符：北宋真宗赵恒的年号。

【译文】

宋真宗祥符年间（1008—1016），宫中发生大火。当时丁谓主办修缮宫室，取土的地方太远是一大烦恼。丁谓就让挖道路取土，不久道路变成大沟，由此打通汴水流入沟中，用各地的竹筏及船运来各种建材，都由大沟运来。修复的事办完以后，把用过的瓦砾土壤填充沟中，又成为街道。做一件事而同时完成三项工作，节省了亿万的费用。

【梦龙评】丁谓的确很有心计，但不是宰相人才。所以说，小人不能承受重任而可以有小智慧。

陈懋仁废物利用

陈懋仁云：泉州[1]库贮败铁甚夥，皆先后所收不堪军器也。余尝监收，目击可用，乃兵丁饰虚，利在掊[2]饷，不论堪否，故毁解还。余议堪者，官给工料，分发各营，修理兼用；不堪者作器与之，于军器银内，银七器二，照额搭给，解验查盘，一如新造之法。并散雨湿火药，而加硝提之，计省二千余金，即于饷银内扣库，以抵下年征额。节军费以纾[3]民力，计无便此。乃当事者泛视不行，终作朽物，惜哉！

【注释】

①泉州：州名，在今晋江流域、金门等地。

②掊（póu）：聚敛。

③纾（shū）：缓解。

【译文】

明陈懋仁（嘉兴人，字无功，官泉州府经历）说：『泉州府库储存很多废旧铁，都是先后收进来的不能用的军事器械。我曾经监督回收过这些废旧器材，有的看着还能用，那是部队士卒弄虚作假，目的在于搜刮俸饷，不论好坏，故意弄坏了交回仓库。我的意思是确实不坏的，官府发给修理费用和原材料，分发到部队各个营里去，让他们重新修理使用；确实有些毁坏不能用的，发给他们改作其他器械用，从军事器械费用中扣除，原发给的废旧器械只按三成计价，其余的七成还发给现钱，照数额配给，检验盘查，一一参照新造军械的办法。另外，还要散发因雨水而受潮湿的火药，把它晾晒干燥后再加硝提取出来，这样可节省开支两千多两银子，就在发给部队俸饷中扣下，留到官府银库中，用来抵销下一年度征收数额。既节省军费又减轻人民负担，没有比这再合适的办法了。可是主其事的人都不当作一回事，认为不可行，最终把它当作一种废物，太可惜了！』

经务卷八下

【导读】

本卷收集了抵御外侵，维护国家安定的军国大计。第一类是平定内乱以求国内安宁。北魏李崇置鼓楼以防盗、明代的顾玠恩威并用招抚黎侗、张肖甫谈笑自若而平定军民变乱，皆属此类。第二类为选将练兵、挖壕储粮以备外患，巩固边防。北宋的范仲淹行分将法，更番出御；明代的涂阶倡议转畿内之麦菽以供边兵之食；北宋的种世衡鼓励军民习射；南宋的曹玮奖励驰射、立马社、开边壕；唐代的张仁愿筑三受降城以绝突厥南寇之路……皆为深谋远虑。第三类为中兴之策。南宋的康与可献《中兴十策》、李纲疏《经略两河大要》、沈晦献五郡联合为一体之略、汪立信建议设屯府之兵互为声援联络不断、文天祥为宋国着想主张设藩镇……这些策略皆可谓正大正确，惜皆不被受用，所以宋最后灭亡。

种世衡屯粮习射

种世衡所置青涧城[①]，逼近虏境，守备单弱，刍粮俱乏。世衡以官钱贷商旅，使致之，不问所出入[②]。未几，仓廪皆实。又教吏民习射，虽僧道、妇人亦习之，以银为的[③]，中的者辄与之。既而中者益多，其银重轻如故，而的渐厚且小矣。或争徭役轻重，亦令射，射中者得优处。或有过失，亦令射，射中则免之。由是人人皆射，富强甲于延州。

杨掞[④]本书生，初从戎习骑射，每夜用青布藉地，乘生马跃，初不过三尺，次五尺，次至一丈，数闪跌不顾。孟珙尝用其法，称为『小子房[⑤]』。

【梦龙评】按《宋史》，掞尝贷人万缗，游襄、汉间，入娼楼，箧垂尽。夜忽自呼曰：『来此何为！』辄弃去。已在军中，费官钱数万，贾似道[⑥]核其数，孟珙以白金六百与偿，掞又费之，终日而饮。似道欲杀之，掞曰：『汉祖以黄金四万斤付陈平，不问出入。如公琐琐[⑦]，何以用豪杰！』似道姑置之。盖奇士也！其参杜杲军幕，能出奇计，解安丰之围。惜乎不尽其用耳！

【注释】

①种世衡所置青涧城：在今陕西清涧。种世衡筑青涧城作为防御西夏的要塞。

②出入：买进卖出的差价。

③以银为的：用银做箭靶。

④杨掞：南宋末年人，入淮西制置使杜杲幕府，多善谋，后被京湖安抚制置大使孟珙聘为幕宾。

⑤子房：张良，字子房。

⑥贾似道：字师宪，南宋末年台州人，南宋理宗的贾贵妃之弟，官累京湖安抚制置大使、右丞相、太师、平章军国重事。

⑦琐琐：卑微貌，细小貌。

【译文】

宋将种世衡所建的青涧城（在今陕西清涧县）接近边疆少数民族居住区，守卫力量薄弱，柴草和粮食供应都很缺乏。种世衡就用官钱借贷给商人，让他们购买粮食柴草运来，而不问其购销价值差额多少。没有多久，仓库里储存的物资都充实起来。种世衡又教官吏和当地老百姓学习射箭，不管是僧道或妇女，都一律参加练习。用银子作为射击的靶子，射中了就把银子给射箭者。后来，射中的人越来越多，靶子用银子的轻重数量仍不变，而靶子的面积缩小了，但厚度加大了。有的人争执徭役轻重，也让他们射箭，射中的人可以减轻徭役；有的人犯有错误或过失，也让他们来射箭，射中的可以免除对他们的处罚。从此以后人人学射箭，青涧城既富且强，甲于延州。

南宋人杨掞本是一介书生，参军之初学习骑马射箭，每天晚上用青布铺在地上，骑上未经训练过的马猛然腾空跨越铺在地上的青布，刚开始时只能跨越不过三尺，以后又能跨过五尺，再后能跨过一丈，虽然有数次闪跌下马来，但他毫不顾忌这些，仍坚持练习。南宋名将孟珙（字璞玉，枣阳人。官至京湖安抚置使）曾经用他的方法，并称杨掞为『小子房』。

【梦龙评】按《宋史》记载：杨掞曾经向人借一万缗钱，浪荡于襄汉一带，在妓院里几乎把钱全数用光，有天夜晚他忽然对自己说：『我为什么到这里来？』因此离开妓院。后来在军中，他又私自花费官钱数万缗。贾似道来审核官钱，孟珙为他偿还白金六百两，杨掞却又把它花光，整天饮酒作乐。贾似道想杀他。杨掞说：『汉高祖付给陈平黄金数万斤，而不问他花在何处。像您这样斤斤计较，如何能任用豪杰？』贾似道听了，遂没有再加以追究。说起来，这杨掞也真是奇特之士。后来他担任杜杲的幕僚，献出奇计，解除安丰被围的困境。可惜当时不能完全施展他的才华。

曹玮公奖罚分明

曹玮在泰州时，环、庆属羌①，田多为边人所市，单弱不能自存，因没彼中。玮尽令还其故，以后有犯者，迁其家内地。所募弓箭手，使驰射，较强弱，胜者与田二顷。再更秋获，课市一马，马必胜甲②，然后官籍之③，则加五十亩。至三百人以上，因为一指挥。要害处为筑堡，使自堑其地，为方田环之④。立马社，一马死，众皆出钱市马。后开边壕，悉令深广丈五尺，山险不可堑者，因其峭绝治之，使足以限敌，后皆以为法。

【注释】

①『环、庆属羌』句：环、庆二州属内之羌人，其田多为二州之汉民所买，因不能生存而逃往西夏。

②胜甲：马力强壮，可乘以甲士。

③籍之：登记以备征用。

④自堑其地，为方田环之：挖壕成方形之田，环绕于堡之外。

【译文】

曹玮任职秦州时，环、庆两地原属于羌人的田地，大多被边境的汉人所收购，但由于其地汉人势力单薄，没有办法保护自己，因而往往又被羌人侵占。曹玮于是命令羌人归还所有的田地，若有违犯的羌人，一律将他们迁徙至内地。

曹玮又招募善于骑射的弓箭手，并要他们比赛骑马射箭，胜的人赏给二顷田地。又规定下一次秋收，获得赏田的弓箭手一定要买一匹担当得起骑战使用的马，再由官方统一登录于簿籍之内，如果这些都能做到，再加赏田五十亩如此弓箭手每累积到三百人，便成立一个团，每团设一个指挥。曹玮在地势险要处建筑堡垒，让士卒自己开辟土地，再圈围起来作为马社，一匹马死了，让众人共同出钱买马。

曹玮又在边境上挖掘壕沟，要求壕沟的深度、宽度能达到一丈五尺。山势险峻无法挖掘的，就利用峭壁修建防御工事，后来各州都起而仿效。

康伯可中兴十策

建炎中，大驾驻维扬，康伯可[1]上《中兴十策》，一请皇帝设坛，与群臣六军缟素戎服，以必两宫之归；二请移跸关中，治兵积粟，号召两河，为雪耻计，东南不足立事；三请略去常制为『马上治』，用汉故事，选天下英俊日侍左右，讲究天下利病，通达外情；四请河北未陷州郡，朝廷不复置吏，诏土人自相推择，各保乡社，以两军屯要害为声援，滑州[2]置留府，通接号令；五请删内侍、百司、州县冗员，文书务简，以省财便事；六请大赦，与民更始，前事一切不问，不限文武，不次登用，以收人心；七请北人避胡，挈郡邑南来以从吾君者，其首领皆豪杰，当待之以将帅，不可指为盗贼；八请增损保甲之法，团结山东、京东、两淮之民，以备不虞；九请讲求汉、唐漕运，江淮道途置使，以馈关中；十请许天下直言便宜，州郡即日交奏，置籍亲览，以广豪杰进用之路。宰相汪、黄[3]辈不能用，惜哉！

【梦龙评】 按：康伯可后来附会贼桧，擢为台郎，两宫宴乐，专应制为歌词，名节扫地矣。然此《十策》正大的确，虽李伯纪、赵元镇未或过也，可以人废言乎？

【注释】

①康伯可：康与之，南宋滑州人，因献『中兴十策』而名著于一时。后则投靠秦桧，谀艳粉饰而声名扫地。

②滑州：古州名，治所在白马，即古滑台城，滑州因以得名，辖境相当今河南滑县、延津、长垣等县。

③汪：汪伯彦，字廷俊，南宋祁口人，举进士，官累枢密院事、右仆射等。黄：黄潜善，字茂和，南宋邵武（今属福建省）人，举进士，官累右仆射。

【译文】

宋高宗建炎年间，天子移驾扬州，康伯可上中兴十策：

一、请皇帝设坛，和群臣六军穿白色军服祈祷，决意北伐金人，迎徽宗、钦宗回朝。

二、请皇帝移驾关中，整军屯粮，号召两河军民为国雪耻，光是东南地方不足以建立帝业。

三、暂且废除国家正常的法制，改变战时的军事体制，如汉朝所施行过的，并遍选天下杰出的人才，天天陪侍在皇帝身边，积极讨论国家政策的利弊得失，以及全天下的真实情况。

四、河北未沦陷的州郡，朝廷不设置官员，而由当地人自己相互推选，各自保护自己的乡里，再派两支军队屯驻要害地方做声援，在滑州设置留府，负责接应北方的州郡，同时传达朝廷的号令。

五、裁减宫内的内侍人员和州县冗员，文书力求简明切实，以节省公款，提高行事效率。

六、大赦天下，给予人民更新的机会，过往种种全部不再过问；不论文武官员，不必依常法任用，以收揽人心。

七、凡是逃避金人、带着乡民南来归顺的北方豪杰，应封以将帅，不能把他们当作盗贼。

八、调整保甲法，团结山东、京东及两淮的人民，以防备金人随时可能的进攻。

九、研究汉唐漕运的方法，在长江、淮河中途设置官员，以运送粮食到关中。

十、要求全国官员百姓直言劝谏，州郡即日起呈上奏本，由皇帝亲自阅览，以扩大豪杰进言的途径。

这中兴十策，宰相汪伯彦、黄潜善等人却不能采用，真是可惜！

【梦龙评】按：康伯可后来投效奸贼秦桧，被任用为尚书郎，两宫设宴作乐时，专门负责制作乐曲，因此名节扫地。然而这十策，立意正大真实，虽是李纲、赵鼎也未必超过他。可以因人废言吗？

李纲献计定两河

纲疏经略两河，大要云：河北、河东，国之藩蔽也。料理稍就，然后中原可保，而东南可安。今河东所失者，忻、代、太原、泽、潞、汾、晋，余郡尚存也。河北所失者，不过真定、怀、卫、浚四州而已，其余三十余郡，皆为朝廷守。两路士民兵将，戴宋甚坚，皆推豪杰以为首领，多者数万，少亦不下万人。朝廷不因此时置司遣使，以大抚慰而援其危，臣恐粮尽力疲，危迫无告，愤怨必生，金人因得抚而用之，皆精兵也。莫若于河北置招抚司①，河东置经制司②，择有材略如张所③、傅亮者为之，使宣谕天子不忍弃两河于敌国之意，有能全一州复一郡者，即如唐藩镇之制，使自为守。如此，则不唯绝其从敌之心，又可资其御敌之力，最今日先务。

李纲当金人围城死守时，有京师不逞之徒乘机杀伤内侍，取其金帛，而以所藏器甲弓剑纳官请功。纲命集守御使司，以次纳讫，凡二十余人，各言姓名，皆斩之，并斩杀伤部队将者二十余人，及盗袖袄④者、强取妇人绢一匹者、妄斫伤平民者，皆即以徇⑤。故外有强敌月余日，而城中窃盗无有也。

【注释】

①招抚司：宋置对外劝说归顺、招降的机构，长官称为招抚使。

②经制司：宋置掌管经理财赋的机构，长官称为经制使。

③张所：宋青州人，举进士，历官监察御史。

④衲（nà）袄：补缀的袄子。

⑤徇（xùn）：以身从物，即斩杀。徇，通「殉」。

【译文】

李纲（字伯纪，宋高宗建炎元年为尚书右仆射兼中书侍郎）疏经略河北、河东地区，主要内容是：河北路（泛指黄河以北区）、河东路（泛指山西全省），是国家的藩篱蔽障。如果能把河北、河东治理好了，中原就能保住不受侵犯，而东南一带才能安定。现在河东所失陷的只不过是忻（山西忻县）、代（山西代县）、太原、泽（山西晋城县）、潞（山西长治市）、汾（山西汾阳）、晋（山西临汾市），其余各郡都未失陷。河北所失陷的地，只有真定（河北正定县）、怀（河南沁阳县）、卫（河南卫辉）、浚（今属河南）四州罢了，其余三十余郡，都为我军固守。两路的士人、百姓、士卒及将领，对我朝的拥戴是非常坚决的，他们都推荐英雄豪杰作为首领，多达数万人，最少不下万人。朝廷现在若不及时在那里设置安抚司、安抚使，以加强安抚慰劳，并援救其危难，我担心他们粮饷断绝，力量穷尽，身处危难而无从求援，之后会产生愤怒和怨恨情绪，金人若乘机对他们进行安抚和任用，就成了侵扰宋朝的精兵强将。在河北设置招抚司，在河东设置经制司，选择有才略的人如张所、傅亮等人担任此职，使他们宣谕天子不忍心把河北、河东两地的人民抛弃给敌国的意愿，如果能保全一州或收复一郡者，就让他们仿照唐代藩镇之制，赋予全权，使他们自守其地，如果这样，不仅可以断绝他们投降敌人之心，而且还可借以增加抵抗敌人的力量，这是目前最最重要的任务。

李纲在金人围攻汴京军民坚持死守时，汴京内一些不法歹徒乘机杀伤内侍，抢劫他们的金银财物，而用其所藏器甲弓剑武器，交到官府去请功。李纲命令他们聚集于守御使的官署，按照次序把所有兵器都缴纳完毕，一共二十多人，各登记姓名，然后都把他们杀了，另外杀了杀伤部队将领的人二十多个，以及盗走棉袄的、抢取妇女丝绸一匹的、无故砍伤平民百姓的，也都斩首。所以城外虽有强敌压境一个多月，城内却没有一起盗窃事件发生。

得情卷九

【导读】

本卷收集了古人神明断狱的故事。得情，即探究事情的原委。故事大致可分为三类。第一类为雪冤辨诬。唐朝某御史以前后两状不同断定告事者诬陷李靖谋反；张楚金投反书于水中而知江琛割取刺史裴光书字合成文理以陷害良臣；明代的高子业以情理推知诸生江槔诬害其兄江楫；杨茂清通过验伤，推理断定王赞诬富室周鉴……他们都能明察秋毫，善于用智，平定冤狱。第二类为惩治元凶。北宋的欧阳晔由囚犯以左手持羹匙而被害者伤在右肋推知因犯为元凶；明代的殷云霁通过对比字迹查出真正的凶手；三国吴人张举以猪试验，证明活人被烧死后口中有灰，从而断定妻杀夫而焚之；范槚由一人反穿棉袄注意到里面的血渍，查到了杀害及婚而失踪的涂柏的真凶……他们都能见微知著，善于推理，可谓神明难欺。第三类为断家务事，如李若谷断叔侄分财案、裴子云断舅甥争牛案、赵和断赎卷案、张咏断子婿分财案等，皆能利用人情以行法令，情理法兼顾，可谓智者仁者。

【原文】

口变缁素①，权移马鹿；山鬼昼舞，愁魂夜哭；如得其情，片言折狱②；唯参与由③，吾是私淑④。集《得情》。

【注释】

①缁素：缁为黑色的布，素为白色的布，此处指颜色的黑白。

②折狱：判断诉讼。

③参与由：曾参与仲由，孔子的两个学生，于政事善明察。

④私淑：不能当面得到教诲，只能心里景仰。

【译文】

有口才的人，可以把黑的说成白的；有权势的人，却能够指着鹿却说是马。但在有才智的人眼中，只要只言片语就能察出实情。所以，辑有《得情》一卷。

御史揭穿诬告者

李靖为岐州刺史①，或告其谋反，高祖命一御史案之。御史知其诬罔②，请与告事者偕。行数驿，诈称失去原状，惊惧异常，鞭挞行典③，乃祈求告事者别疏一状。比验，与原状不同，即日还以闻。高祖大惊，告事者伏诛。

【注释】

①李靖：本名药师，京兆府三原人，唐初杰出的军事家。岐（qí）州：州名，治所在雍县（今陕西凤翔县），辖境相当于今陕西周至、宝鸡等地。

②诬罔（wǎng）：蒙蔽，诬欺。

③行典：掌管行装的人。

【译文】

唐朝大将李靖做岐州（治今陕西凤翔县东南义坞堡）刺史时，有人向唐高祖告发他要谋反。高祖派一名御史前去调查此事。御史知道是有人诬告李靖，坚持请求和告发的人同行。走过了几个驿站，御史假说丢了原告的状子，惊恐异常，鞭打随行的典吏，于是恳求告状的人再重写一张状子。等拿到新写的状子和原来写的状子一验证，内容并不相同。御史当天回到朝中，报告给高祖，高祖大吃一惊，诬告的人被处以死刑。

李崇怀智判疑案

定州流人①解庆宾兄弟坐事，俱徙扬州。弟思安背役亡归，庆宾惧后役追责，规绝名贯，乃认城外死尸，诈称其弟为人所杀。迎归殡葬，颇类思安，见者莫辨。又有女巫杨氏，自云见鬼，说思安被害之苦、饥渴之意。庆宾又诬疑同军兵苏显甫、李盖等所杀。经州讼之，二人不胜楚毒②，各诬服。狱将决，李崇③疑而停之，密遣二人非州内所识者，伪从外来，诣庆宾告曰：『仆住北州，比有一人见过，寄宿。夜中共语，疑其有异，便即诘问，乃云是流兵背役，姓解字思安。时欲送官，苦见求，及称「有兄庆宾，今住扬州相国城内，嫂姓徐，君脱矜愍④为往告报，见申委曲，家兄闻此，必相重报。今但见质，若往不获，送官何晚？」是故相造。君欲见顾几何？当放令弟。若其不信，可现随看之。』庆宾怅然失色，求其少停。此人具以报崇，摄庆宾问之，引伏。因问盖等，乃云自诬。数日之间，思安亦为人缚送。崇召女巫视之，鞭笞一百。

【注释】

①流人：因罪被放逐的人。

②楚毒：古时炮烙之刑，也泛指苦刑。

③李崇：字继长，后魏顿丘（今河南浚县）人，孝文王时为梁州刺史，官终开府相州刺史。

④矜愍（jīn mǐn）：同情，怜悯。

【译文】

定州流民解庆宾兄弟两个因事获罪，都被充军到扬州。其弟思安逃役跑回老家，庆宾害怕弟弟逃役而追究他的责任，就想设法在服役登记名册上消去他弟弟的名字，于是就诈认城外一个死尸，假称他弟弟被别人杀害。把尸体拉回进行安葬，容貌和思安很像，看到的人谁也辨不出是真是假。又有一名女巫杨氏，自己说她看见鬼了，诉说解思安被害时的痛苦以及又饥又渴的样子。解庆宾又想嫁祸于同军的士卒，诬陷是苏显甫、李盖等人所杀，上州府告发了他们，二人由于经受不住残酷刑罚的折磨，各屈打成招。案子快要判决了，李崇对此案有怀疑而让停止了，秘密派遣两个本州不认识的人，佯称从外地来，到庆宾那里告诉他说：『我住在北州，最近有一人来见，并寄宿下来，晚上两个说话时，怀疑他一定有事，马上就追问他，于是就说出了他是逃役在外的充军士卒，姓解名思安。当时想把他送到官府，他苦苦哀求，并称「有兄庆宾，现在住在扬州相国城内，嫂子姓徐，请您为我去诉兄长，当面申述我的曲折经历，家兄听说以后，一定会重重答谢。现在我在此作为人质，如果去找不到家兄，再送官府也不晚！」因此才来拜访你。你要给多少报酬？应当放了你的弟弟。如果你不相信，现在你可以随我去看他。』解庆宾听后，怅然若失，脸色都变了，请求能少停一停。原来伴装外州人的把此情告诉了李崇，就提解庆宾来问他，引他伏法。因而问李盖等，李盖自己供认是被迫承认的。又过了几天的时间，解思安也被人用绳子捆绑着送来了。李崇把女巫召来看了看，用鞭子抽打了一百下。

欧阳晔巧辨凶手

欧阳晔①治鄂州，民有争舟相殴至死者，狱久不决。晔自临其狱，出囚坐庭中，去其桎梏而饮食。讫，悉劳而还之狱，独留一人于庭，留者色动惶顾。公曰：『杀人者，汝也！』囚不知所以。曰：『吾观食者皆以右手持匕②，而汝独以左。今死者伤在右肋，此汝杀之明验也！』囚涕泣服罪。

【注释】

①欧阳晔：宋真宗时进士，历桂阳监，善决狱。

②匕：筷子。

【译文】

北宋的欧阳晔在鄂州为官时，有一次当地的老百姓由于互相争抢船只而打架，出了人命案。事后，官府虽然抓了几个人，但案子悬了很长时间没有审判。欧阳晔亲自到监狱，把囚犯带出来，让他们坐在大厅中，除去他们的手铐与脚镣，给他们食物吃，善加慰问后再送回监狱，只留一个人在大厅上。这个人显得十分惶恐不安。

欧阳晔说：『杀人的就是你。』

这个人不承认，欧阳晔说：『我观察饮食的人都使用右手，只有你用左手，被杀的人伤在右边胸部，这就是你杀人的罪证。』

这个人才哭着认罪。

程太守破栽赃案

程戡知处州①。民有积仇者，一日诸子谓其母曰：『母老且病，恐不得更议，请以母死报仇！』乃杀其母，置仇人之门，而诉于官。仇者不能自明。戡疑之，僚属皆言无足疑。戡曰：『杀人而自置于门，非可疑耶？』乃亲自劾治②，具得本谋。

【注释】

①程戡（kān）：字胜之，宋阳翟（今河南禹州市）人，官累端明殿学士。处州：州名，辖境相当于浙江丽水、龙泉等地区。

②劾（hé）治：审决案件。

【译文】

宋朝人程戡任处州太守时，有一州民与人积仇。有一天，这个人的几个儿子对他们的母亲说：『母亲年老又生病，反正活不了多长时间，请用母亲的生命来报仇。』于是他们杀害了自己的母亲，放在仇人家门前，再向官府控告。仇人无法为自己脱罪。程戡非常怀疑，同僚都说没有什么可怀疑的。程戡说：『杀死人而且将尸体放在自己家门前，不是很可疑吗？』于是他亲自审问，把主谋悉数查出来。

张举烧猪巧断案

张举[1]为句章令。有妻杀其夫，因放火烧舍，诈称夫死于火。其弟讼之。举乃取猪二口，一杀一活，积薪焚之，察死者口中无灰，活者口中有灰。因验夫口，果无灰，以此鞫[2]之，妻乃服罪。

【注释】

①张举：三国时吴国人，为句章县县令（治所在今浙江鄞县南）。

②鞫：询问、审问。

【译文】

三国吴人张举做句章（治今浙江余姚县东南）县令时，有一家妻子杀死丈夫，接着放火烧了房子，假说她的丈夫被火烧死。死者的弟弟到县衙提出诉讼。张举就取来两口猪，杀死一口，堆柴火烧这两口猪，经检查发现死猪嘴里没有灰，而活猪嘴里有灰。于是检验女人丈夫的尸体，嘴里果然没有灰，以此为证审问其妻子，他的妻子才承认了害死丈夫的罪行。

陈骐以梦找真凶

陈骐为江西佥宪[①]。初至，梦一虎带三矢，登其舟，觉而异之。会按问吉安女子谋杀亲夫事，有疑。初女子许嫁庠生[②]，女富而夫贫，女家恒周给之。其夫感激，每告其友周彪。彪家亦富，闻其女美，欲求婚而无策。后贫士亲迎时，彪与偕行，谚谓之『伴郎』。途中贫士遇盗杀死，贫士父疑女家嫌其贫，使人故要于路，谋杀其子，意欲他适，不知乃彪所谋，欲得其女也。讼于官，问者按『女有奸谋杀夫』。骐呼其父问之，但云『女与人有奸』，而不得其主名。使稳婆[③]验其女，又处子。乃谓其父曰：『汝子交与谁最密？』曰：『周彪。』骐因思曰：『虎带三矢而登舟，非周彪乎？况彪又伴其亲迎，梦为是矣！』越数日，伪移檄[④]吉安，取有学之士修郡志，而彪名在焉。既至，骐设馔以饮之，酒半，独召彪于后堂，屏左右，引手叹息，阳谓之曰：『人言汝杀贫士而取其妻，吾怜汝有学，且此狱一成，不可复反，汝当吐实，吾救汝。』彪错愕战栗，跪而悉陈。骐录其词，潜令人捕同谋者，一讯而狱成。一郡惊以为神。

【注释】

①佥（qiān）宪：官名，朝廷派驻各州府的高级官吏。

②庠（xiáng）生：明清称府、州、县学的生员为庠生。

③稳婆：接生婆。

④移檄：古代同级衙门公文往来，称为『移檄』。

【译文】

陈骐任江西佥宪。刚到任时，他梦见一只老虎带着三支箭，登上船来。陈骐醒后觉得非常奇怪。后来，他审问到一桩吉安女子谋杀亲夫的案件，认为颇有可疑的地方。

起初，女子许嫁给庠生。由于女家富有而夫家贫穷，女家经常接济夫家。丈夫心存感激，经常告诉朋友周彪。周彪家也很富有，他早就听说这女子很美，欲求婚而没有办法。后来庠生迎亲时，周彪随行当伴郎。途中，庠生遇强盗而被杀害。庠父怀疑女家嫌弃自家贫穷，故意派人在半路阻截，谋杀他的儿子，然后再将女子改嫁，于是一纸诉状告到官府去，却不知道其实是周彪的计策，目的是想得到这女子。

状子递到官府后，审问的官吏认为是女子设计谋害亲夫。陈骐叫女子的父亲来问，只说女子和别人有奸情，但不知道对方姓名。

陈骐派接生婆检查女子身体，仍是处女，就对女父说：『你女儿和谁来往最密切？』回答是周彪。

陈骐因而想道：『老虎带三支箭登舟，不是周彪吗？何况周彪又伴随庠生去迎亲，梦中的情形果然是真。』

几天后，陈骐假送一份公文到吉安，说想选有学识的人士编修郡志，而周彪的姓名也在公文上。大家到齐后，陈骐便设宴款待他们。

酒喝到一半，陈骐把周彪单独请到后堂，屏退左右，握着周彪的手叹息，故意说：『别人说你杀害庠生，将要娶他的妻子，我同情你有学问，而且案子一定，就无法平反，所以你应当老实说，我才能救你。』

周彪惊惧地发抖，跪着陈述事情的经过。陈骐记录他的供词，暗中派人抓捕同谋的人。一次审问就能定案，全郡的人都认为很神奇。

范槚见鬼查冤情

范槚为淮安①守。时民家子徐柏，及婚而失之。父诉府，槚曰：『临婚当不远游，是为人杀耶？』父曰：『儿有力，人不能杀也。』久之莫决。一夕秉烛坐，有濡②衣者臂系甓③，偻而趋。默诧曰：『噫！是柏魂也，而系甓，水死耳！』明日问左右曰：『何池沼最深者？吾欲暂游。』对曰某寺，遂舆以往，指池曰：『徐柏尸在是。』网之不得，将还，忽泡起如沸，复于下获焉。召其父视之，柏也，然莫知谁杀。槚念柏有力人，杀柏当勍。一日忽下令曰：『今乱初已，吾欲简健者为快手。』选竟，视一人反袂，脱而观之，血渍焉。呵曰：『汝何杀人！』曰：『前阵上涴④耳。』解其里，血渍沾纩⑤。槚曰：『倭在夏秋，岂须袄？杀徐柏者汝也！』遂具服，云：『以某童子故。』执童子至，曰：『初意汝戏言也，果杀之乎？』一时称为神识。

【注释】

①淮安：县名，在今属江苏省。

②濡（rú）：沾湿。

③甓（pì）：砖。

④涴（wò）：弄脏。

⑤沾纩（zhān kuàng）：沾染棉絮。霑即『沾』；纩，棉絮。

【译文】

范槚任淮安太守时，有一民家子徐柏在结婚前夕突然失踪，他的父亲向官府控诉。

范槚说：『结婚前不应该远游，是被人杀害吗？』

父亲说：『我儿子力气非常大，别人不太可能杀他。』

经过很长时间，这个案子一直不能决断。

有一天晚上，范槚独自坐在烛光下，有个身穿湿衣、手系着砖的人，弯着身子向前走过来。范槚惊异地想道：『啊！这是徐柏的鬼魂，他是双臂被绑在砖上丢进水中溺死的。』

第二天，范槚问左右的人说：『哪一个池塘最深？我想去游览一下。』手下的人说是在某座寺庙，于是他们一同前往。

范槚指着池塘说：『徐柏的尸体在这里。』

范槚找人用网捞，却捞不到，就要回去时，池水忽然冒泡，如同水沸一般。于是他们再捞一次，终于找到尸体。范槚请徐父来看，果然是徐柏，但不知道是谁杀的。

范槚心想徐柏是有蛮力的人，杀害徐柏的人一定是受人指使。有一天，范槚忽然下令说：『现在大乱刚刚平定，我想选一些健壮的人来当衙役。』

选完以后，看到一个反穿棉袄的。脱下来看时，只见里面全是血迹。范槚大声叱喝说：『你为什么杀人？』

那人辩解说：『是以前在战场上沾到的血。』再打开棉里看到血迹已沾到棉絮。

范槚说：『倭寇之乱是在夏秋之间，哪里需要穿棉袄？杀徐柏的人就是你。』

那人于是认罪，并说：『这是因为我听了一个小孩的话的原因。』范槚派人抓来那个小孩，小孩说：『我当初只是戏言啊，你真杀了他？』一时大家都称赞范槚见识卓越。

李德裕查失金案

李德裕镇浙右，甘露寺僧诉交代常住①什物被前主事僧②耗用常住金若干两，引证前数辈，皆有递相交领文籍分明，众词指以新得替人隐而用之，且云：『初上之时，交领分两既明，及交割之日，不见其金。』鞫成具狱，伏罪昭然，未穷破用之所③。公疑其未尽，微以意揣之。僧乃诉冤曰：『积年以来，空交分两文书，其实无金矣。众乃以孤立，欲乘此挤之。』公曰：『此不难知也。』乃召兜子④数乘，命关连僧人对事，遣人兜子中，门皆向壁，不令相见；命取黄泥各摸交付下次金样以凭证据。僧既不知形状，竟摸不成，前数辈皆伏罪。

【注释】

①常住：不能耗费的固定资产。

②主事僧：主管寺院事务的僧人，即住持。

③破用之所：挪用到什么地方。

④兜子：一种小轿子。

【译文】

唐朝人李德裕镇守浙东时，甘露寺的僧侣们控告在移交寺院杂物时，被前任住持耗费常住金若干两，并引证前几任住持都有相互移交的记录，记载得很清楚。众僧也指证前任住持悄悄地挪用常住金，而且说他开始上任时，移交的银两数目很清楚，到交出来时银两却不见了。

审判结束后，罪证败露，但却没有追究银两用到哪里。

李德裕怀疑案子没有审问清楚，因此含蓄地对僧人稍加诱导。

僧侣于是说出他的冤情：『多少年来，都是只移交记录银两的文书，早就没有银两了！众僧因为我孤立，想借此机会排挤我。』

李德裕说：『这种事不难查清楚。』于是他就找了数顶轿子，命令有关的僧侣都进入轿中。轿门对着墙壁，他们彼此看不见。李德裕又命令人取各种形状的黄泥来，让每个僧侣分别捏出交付给下任的黄金模样，作为依据。僧侣既不知道形状，当然捏不出来，前数任住持僧侣才低头认罪。

程颢巧断储钱案

程颢为户县①主簿。民有借其兄宅以居者，发地中藏钱。兄之子诉曰：『父所藏也。』令曰：『此无证佐，何以决之？』颢曰：『此易辨尔。』问兄之子曰：『汝父藏钱几何时矣？』曰：『四十年矣。』『彼借宅居几何时矣？』曰：『二十年矣。』即遣吏取钱十千视之，谓借宅者曰：『今官所铸钱，不五六年即遍天下，此钱皆尔未藏前数十年所铸，何也？』其人遂服。

【注释】

①户县：县名，在今陕西省。

【译文】

宋朝人程颢任户县主簿时，有个百姓借用哥哥的宅第居住，挖掘出储藏在地下的钱财。哥哥的儿子便控诉说：『那是家父所藏的。』县令说：『这件事没有证据，该怎么判决呢？』程颢说：『这很容易判别。』他就问哥哥的儿子说：『你父亲藏钱多久了？』『四十年。』程颢问：『你叔叔借宅第居住有多久了？』『二十年了。』程颢立即派遣吏役去拿一万块钱来看，然后对借住的人说：『现在官府所铸的钱，不到五六年就可以流通天下，这些钱都是在你未储藏前几年所铸造的，为何说是你的呢？』这个人于是服罪。

若谷巧断叔侄案

李若谷守并州，民有讼叔不认其为侄者，欲擅其财，累鞫①不实。李令民还家殴其叔，叔果讼侄殴逆，因而正其罪，分其财。

【注释】

①鞫（jū）：鞫讯，审问犯人。

【译文】

宋朝人李若谷镇守并州时，有百姓控告叔叔不认他为侄子，欲霸占他的财产。经多次审查，但仍查不出事实。

李若谷于是命令此人回家殴打他的叔叔，叔叔果然来告侄子忤逆，殴打叔父，因此确定叔侄关系。由于叔叔确实有侵占意图，于是李若谷给他们分了家产。

张齐贤判财产案

戚里①有分财不均者，更相讼。齐贤②曰：『是非台府③所能决，臣请自治之。』齐贤坐相府，召讼者问曰：『汝非以彼分财多、汝分少乎？』曰：『然。』具款④，乃召两吏，令甲家入乙舍，乙家入甲舍，货财无得动，分书则交易，明日奏闻，上曰：『朕固知非君不能定也！』

【注释】

①戚里：皇亲外戚聚居之处，或借指外戚。

②齐贤：张齐贤，北宋人，见卷三『喻樗』条注。

③台府：政府。

④具款：伎讼者签署其供词以为凭证。

【译文】

宋朝时，王室外戚中，有人认为财产没有平均分配，因此互相控诉。

张齐贤对皇帝说：『这不是御史台所能判决的，请让微臣亲自去处理。』

张齐贤对相互控诉的人问道：『你不是认为他分的财产多，你分的少吗？』

『是的。』两边都如此回答。

张齐贤便让他们详列财物名单，再找两名役使，命令甲家的财物搬入乙的房舍，乙家的搬入甲的房舍，所有的财务都不能动，分配财物的文件也交换，第二天就向皇帝奏报。

皇帝说：『朕就知道没有你不能决断的。』

王罕替妇争遗产

罕知潭州①，州有妇病狂，数诣守诉事，出语无章，却之则悖骂。前守屡叱逐。罕至，独引令前，委曲②问之。良久，语渐有次第，盖本为人妻，无子，夫死妾有子，遂逐而据其赀，以屡诉不得直，愤恚发狂也。罕为治妾，而反其赀，妇寻愈。罕，王珪季父。

【注释】

①罕：王罕，字师言，北宋岐国公王珪的叔父，官累广东转运使、户部度支副使，知潭州，官终光禄卿。

潭州：州名，治所在今长沙，辖境相当今湖南长沙、株洲等市、县。

②委曲：周到，仔细。

【译文】

宋朝王罕做潭州知州时，州里有个妇女得病发疯，来诉讼，语无伦次，不予受理，她就破口大骂。以前的知州经常喝斥、驱逐她。王罕到任后，把疯妇叫到跟前，委婉地向她问话。许久，说话逐渐有条理了，原来他是某人的妻子，没有孩子，丈夫死了，而妾有一个儿子，就把她赶走而霸占了她的财产，因为屡次上诉都没有告赢，因而愤恨发狂。王罕为她做主，处治了那个小妾，而把家财还给她，她的病就好了。王罕，是宰相、岐国公王珪的叔父。

韩亿洗雪母子冤

韩亿知洋州，大狡[①]李甲[②]以财豪于乡里，兄死，诬其兄子为他姓，赂里妪之貌类者，使认为己子，又醉其嫂而嫁之，尽夺其赀。嫂、侄诉于州，积十余年，竟未有白其冤者。公至，又出诉，公取前后案牍视之，皆未尝引乳医[③]为验。一日，尽召其党至庭下，出乳医示之，众皆服罪，子母复归如初。

【注释】

①大狡：《宋史·韩亿传》为『州豪』。

②李甲：古文中常用『甲』『乙』指代人名，即某人。

③乳医：接生婆。

【译文】

宋朝人韩亿任洋州太守时，大狡有个李甲以财富傲视邻里。哥哥死后，李甲诬陷哥哥的儿子是别人的。

他收买乡里中容貌与嫂嫂相似的女子来认侄儿为儿子，又灌醉嫂嫂后将她改嫁，把家产全部据为己有。嫂嫂与侄儿到州府控告，拖延了十多年，竟然没有官员洗清他们的冤屈。韩亿到任后，他们又出来控诉。韩亿取历来的案情记录阅览，发现都没有官员请接生婆来做证。有一天韩亿将这群人全部请到堂下，叫接生婆出来做证，众人才都认罪，母子终于能够回家团聚。

于文傅巧认母子

于文傅迁乌程①县尹，有富民张某之妻王无子，张纳一妾于外，生子未晬②，王诱妾以儿来，寻逐妾，杀儿焚之。文傅闻而发其事。得死儿余骨。王厚赂妾之父母，买邻家儿为妾所生儿初不死。文傅令妾抱儿乳之，儿啼不受。妾之父母吐实，乃呼邻妇至，儿见之，跃入其怀，乳之即饮。王遂伏辜。

【注释】

①乌程：古县名，治所在今浙江吴兴南。

②晬（zuì）：婴儿满百日或满一岁之称谓。

【译文】

于文傅调任乌程县任县尹，有富翁张某的老婆王氏，没有儿子。张某在外娶了一个姨太太，生个儿子没满周岁。王氏诱骗姨太太带儿子过来。不久，她赶走姨太太，又杀儿焚尸。

于文傅听了，将事情检举出来，并找到小孩的尸体。王氏去贿赂姨太太的父母，买邻家的小孩假装是姨太太所生的，说小孩没死。于文傅命令姨太太抱着小孩喂乳，小孩啼哭着不肯吃，姨太太的父母才说实情。

于文傅又把邻家妇女请来，小孩看了，高兴地投入她的怀中，一喂乳就吃，王氏这才认罪。

祖颢识破假父亲

有富民张氏子，其父死，有老父曰：『我，汝父也，来就汝居。』张惊疑，请辩[1]于县。祖颢诘之，老父探怀取策[2]以进，记曰：『某年某月日某人抱子于三翁家。』颢问张及其父年几何，谓老父曰：『是子之生，其父年才四十，已谓之三翁乎？』老父惊服。

【注释】

①辩：通『辨』，辨别。

①策（cè）：古时写字用的竹片或木片。

【译文】

有一个张姓富民的儿子，他的父亲已死，有个老头对他说：『我是你的父亲，来到你家养老。』张既惊讶又怀疑，请老头到县衙去辨别。祖颢追问老头，老头从怀里取出一张文书，交给祖颢。上记着：『某年某月某日，某人抱他的儿子寄养在张三翁家。』祖颢问张氏子他父亲多大年龄，然后对老头说：『这个张氏子降生的时候，他的父亲才四十岁，难道已经称作「三翁」了吗？』老头惊惧认罪。

傅县令明辨是非

傅琰仕齐为山阴令[1]，有卖针、卖糖二老姥共争团丝，诣琰。琰取其丝鞭之，密视有铁屑，乃罚卖糖者。

又二野父争鸡，琰各问何以食鸡，一云粟，一云豆，乃破鸡得粟，罪言豆者。

【梦龙评】《南史》②中云：世传诸傅有《理县谱》，子孙相传，不以示人。琰子刿尝代刘玄明为山阴令，玄明亦夙称能吏，政为天下第一。刿请教，玄明曰：『吾有奇术，卿家谱所不载。』问：『何术？』答曰：『日食一升饭而莫饮酒，此第一义也！』刿子岐为如新令，世为循吏。

【注释】

①傅琰：字季珪，仕宋为武康令，入齐为山阴令，二县谓之『傅圣』，迁益州刺史、内郡内史，行荆州事。山阴：古县名，治所在今浙江绍兴。

②《南史》：书名，唐李延寿撰，共八十卷，记叙南朝宋、齐、梁、陈四代的历史。

【译文】

南朝时，傅琰在南齐做山阴（治今浙江绍兴）县令，有一位卖针和一个卖糖的老太太两个人互相争着一团丝，为此而告到傅琰那里。傅琰把丝从老太太手里要过来，用鞭子抽打，仔细看着有铁屑跳出来，于是把丝给卖针的而处罚了卖糖的老太太。又有一次，有两老农争一只鸡，为此而上告到官府，傅琰问这两个人用什么喂鸡，一说用谷物，一说用豆子，于是傅琰让属下将鸡杀开，鸡肚子里都是谷物，就处罚了说喂豆子的人。

【梦龙评】《南史》记载：世代相传傅氏有《理县谱》，子孙相传，不对外人公开。傅琰的儿子傅刿曾取代刘玄明为山阴令，刘玄明一向被称赞为贤能的官吏，政绩天下第一。傅刿去请教刘玄明，他说：『我有奇妙的方法，是你们家谱所没有记载的。』傅刿问他是何方法，他说：『每天吃一升饭而不喝酒，这是第一要义。』傅刿的儿子傅岐当如新县令，世代都是奉法循理的官吏。

孙亮辨别老鼠屎

亮①出西苑，方食生梅，使黄门②至中藏③取蜜渍梅，蜜中有鼠矢④。亮问主藏吏⑤曰：『黄门从汝求蜜耶？』曰：『向求之，实不敢与。』黄门不服⑥，左右请付狱推，亮曰：『此易知耳！』令破鼠矢，里燥。亮曰：『若久在蜜中，当湿透，今里燥，必黄门所为！』于是黄门首服。

【注释】

①亮：孙亮，三国吴大帝孙权少子，继权为帝，被大将军孙琳废为会稽借王。

②黄门：此指宦官。

③中藏：官内仓库。

④矢：与『屎』通。

⑤主藏吏：主管仓库的官吏。

⑥黄门不服：黄门因以往从主藏吏求蜜而不得，遂于蜜中置鼠屎以陷害主藏吏。孙亮以此鞫之，黄门不服。

【译文】

东吴主孙亮走出西苑，正在吃生梅，遣宦官到宫内的库房去拿蜜浸渍生梅。拿来的蜜中有老鼠屎，孙亮便问管仓库的官员说：『宦官从你这儿取过蜜吗？』但宦官主藏吏回答说：『他刚刚来求蜜，但我实在不敢给。』宦官不服，手下的人请求交监狱官断定。孙亮说：『这很容易弄清楚。』他命令人剖开老鼠屎，发现里面是干燥的。孙亮说：『老鼠屎如若在蜜中很久，就会发现里面一定湿透，如今里面还是干的，必定是宦官后来加入的。』宦官于是服罪。

乐蔼以灰明是非

梁时，长沙宣武王将葬，东府忽于库失油络①。欲推主者，御史中丞乐蔼②曰：『昔晋武库火，张华以为积油幕万匹，必燃。今库若有灰，非吏罪也。』既而检之，果有积灰。时称其博物弘恕。

【注释】

①东府：东晋、南朝时以扬州刺史治所称为『东府』，时扬州刺史以丞相兼领，故称。油络：古时车上悬垂的丝质绳网。

②乐蔼：字彦辅，梁淯阳（今河南南阳市）人，官至尚书令。

【译文】

五代后梁时，长沙宣武王即将安葬，尚书府仓库中忽然遗失了油络。尚书府想追究管理仓库的官员的过错。御史中丞乐蔼说：『从前晋武帝时，仓库失火，张华认为是堆积涂油的帐幕一万匹所造成的，如今仓库中如若有灰，就不是仓库官吏的罪过了。』接着他派人去检查仓库，果然有积灰。当时的人都称赞他见多识广，宽宏大度。

诘奸卷十

【导读】

本卷收集了明断奸盗之案的故事。诘，辨诘，明辨。对付奸诈盗劫不法之徒，其法有五。一曰明察。如陈霁岩分拣文书，某总辖由巨商两手捧盂阴度广狭测其为盗；董行成由驴行急而汗推测驴为盗驴；陈懋仁见两兵身上伤痕黑而不肿裂而知其为诈，皆明察秋毫，奸诈无以遁形。二曰推理。苏涣以见功则自取之常理推知弓手见血衣必为假；张小舍见衣冠甚整却入厕用草者，知其为盗贼；耿叔台由官署中连连失窃，而前后不更之人只一爨人，穴痕又从内出，推知爨者为盗；某总辖以人惊惧必无唾可吐之常情找出盗土库之贼，皆能揆诸情理，使疑难迎刃而解。三曰以盗治盗。张敞以偷盗酋长为吏穷治盗贼、王世贞以横行不法之部民雷龄擒大盗，皆为善于用人，所以治盗不费吹灰之力。四曰诈吓。某商以一人着妇人衣呼僧索头诈出恶僧本人实情、胡汲仲以牟麦置群妪掌中令合掌绕佛诵经称盗衣者手中麦当芽诈出窃衣之人、陈襄谎称庙钟能辨盗而辨出盗物之贼、赵广汉假托豪强子弟投书而使奸党解体，皆可谓善以诈治奸盗者。五曰将计就计。吉安老吏以妓盛服称是盗者所诬新妇使盗伏罪、汪旦饰二妓谎称注寺中求子指出寺僧之淫恶、王恺和少熟豆于生豆中让盗劫去从而查出盗贼，都是善于用谋，出奇制胜。

【原文】

王轨不端①，司寇溺职②，吏偷俗弊③，竞作淫慝④。我思老农，剪彼蟊贼，摘伏发奸，即威即德。集《诘奸》。

【注释】

①王轨不端：王轨，喻指朝廷的法度。不端，不正，偏离正轨。

②司寇溺职：司寇，古代六官之一，掌刑法治安。溺职，失职。

③吏偷俗弊：官吏苟且而不尽职，风俗日益弊坏。

④淫慝：邪恶不正。

【译文】

国家法令不正，执法官吏渎职；狼狈为奸互庇，淫乱邪恶环生。要像老农除害，剪除社会蠹虫，揭露邪恶坏蛋，重振圣上威德。所以，辑有『辨诬缉奸的智囊』一卷。

赵广汉离间朋党

赵广汉[①]为颍川太守。先是，颍川豪杰大姓，相与为婚姻，吏俗朋党。广汉患之，察其中可用者，受记。出有案问，既得罪名，行法罚之。广汉故漏泄其语，令相怨咎；又教吏为缿筒[②]，及得投书，削其主名，而托以为豪杰大姓子弟所言。其后强宗大族家家仇怨，奸党散落，风俗大改。

广汉尤善为钩钜以得事情。钩钜[③]者，设欲知马价，则先问狗，已问羊，又问牛，然后及马，参伍[④]其价，以类相准，则知马之贵贱，不失实矣。唯广汉至精，能行之，他人效者莫能及。

【注释】

①赵广汉：字子都，汉宣帝时为京兆尹，揭发奸邪如神，盗贼绝迹，后因受牵连被腰斩。

②缻筒：陶瓶和竹筒。口小肚大，投入东西不易取出，一般用来装检举文书。

③钩距：所谓『钩距』，本是指带有倒钩的钩针，后来比喻使人陷入诈术中，借以刺探隐情，在对方放松戒备的情况下，隐情不问而知。

④参伍：反复比较，相互验证。

【译文】

汉朝时赵广汉任颍川太守，当时颍川豪门与大族相互结亲，而官吏间也都互结朋党。赵广汉为此事非常担心，于是授计值得信赖的部属，到外边故意闹事，自己再据实办案，一旦罪名确立就依法处罚。同时他故意泄露当事人的供词，目的在于制造朋党间的猜疑。

另外他又命属官设置意见箱，再命人投递匿名信，随后向外散播这些信都是豪门和大族的子弟写的。这样一来，原本很要好的豪门和大族，竟为了投书相互攻击而翻脸成仇。不久，豪门和大族所各自结成的小集团陆续解散，社会风气大为改观。

赵广汉最擅长的还是利用『钩距』来刺探情报。

所谓『钩距』，本是指带有倒钩的钩针，后来比喻使人陷入诈术中，借以刺探隐情，在对方无所怀疑下，隐情不问而知。例如想要知道马的价钱时，就首先打听狗的价钱，然后再问牛羊的价钱，到最后才问马的价钱。因为彼此互问的结果，可以打探出比较可靠的标准行情，到最后就能够真正知道马的价钱。

不过只有赵广汉最精于此道，其他人模仿的成绩都比不上他。

周忱记事助断案

周文襄公忱巡抚江南，有一册历，自记日行事，纤悉不遗。每日阴晴风雨，亦必详记。人初不解。一日某县民告粮船江行失风，公诘其失船为某日午前午后、东风西风，其人所对参错[1]。公案籍以质[2]，其人惊服。始知公之日记非漫书也。

【梦龙评】 蒋颖叔为江淮发运[3]，尝于所居公署前立占风旗，使日候之置籍焉。令诸漕纲吏程亦各记风之便逆。每运至，取而合之，责其稽缓者，纲吏畏服。文襄亦有所本。

【注释】

①错：不合记录。

②质：核对。

③发运：指水陆发运使，即转运使。

【译文】

明朝的周忱任江南巡抚时，身边随时带有一本记事册，详细记载每日的行事，巨细无遗。即使每日天气的阴晴风雨也一同详加记录。

刚开始，有许多人不懂周忱为何要如此费事。

一天，有位船主报告一艘载运米谷的粮船突遇暴风沉没。周忱询问沉船的日期，沉船时间发生在午前还是午后，当时刮的是东风还是西风。周忱翻开记事本逐一详加核对，发现报案船主全是一派胡言，报案船主在惊惧下坦承罪行。这时众人才明白，周忱的记事本可不是随便乱写的。

【梦龙评】蒋颖叔任江淮漕运官时，也曾在公署前竖立一面占风旗，每天派人观测并记录在册子里。同时他也要求各处漕运官要详细记载每日船行时的风向，等船只入港后就详加核对，对不按规定记载，或马虎随便的属吏便厉声责骂。属吏因害怕被责骂，都谨守规定。

看来记载天气、风向，并非自周忱才开始。

齐严惩办文书官

陈霁岩为楚中督学。初到任，江夏县送进文书千余角①，书办②先将『照详』『照验』分作两处。公夙闻先辈云：『前道有驳提③文书难以报完者，必乘后道初到时，贿嘱吏书，从「照验」中混交。』公乃费半日功，将『照验』文书逐一亲查，中有一件驳提，该吏者混入其中；先暗记之，命书办细查，戒勿草草。书办受贿，径以无弊对。公摘此一件而质之，重责问罪革役。后『照验』文书更不敢欺。

【注释】

①角：量词，古时称一封文书为一角文书。

②书办：古代衙门里的文职官员。

③驳提：辨正是非，列举理由，否定别人错误的意见。

【译文】

陈霁岩任楚中督学。刚到任上，江夏县送来一千件文书，管理文书档案的书办先按『照详』『照验』将文书分作两处。陈霁岩曾听前辈说过，前任学道有提出异议驳回的文书而难以汇报完结的，一定利用后任学道刚来上任的时机，私下买通书办，把提出异议驳回的文书混在『照验』中交收。陈霁岩就花费了半天工夫，亲自将『照验』类文书逐一检查了一遍，其中有一份提出异议驳回的文书，书办将它混在了『照验』文书中。陈霁岩暗中记下，命令书办仔细检查，告诫他不要草草了事。书办受了贿不加检查，直接回答说没有差错。陈霁岩就把那份文书挑出来，质问书办，重加斥责，将其革职查办。此后，『照验』文书再不敢蒙混过关了。

总辖明察巧破案

临安[1]有人家土库中被盗者，绝无踪迹。总辖[2]谓其徒曰：『恐是市上弄猢狲者，试往胁之。不伏，则执之；又不伏，则令唾掌中。』如其言，其人良久觉无唾可吐，色变俱伏：乃令猢狲从天窗中入内取物。或谓总辖何以知之，曰：『吾亦不敢取必，但人之惊惧者，必无唾可吐。姑以卜之，幸而中耳。』

又一总辖坐在坝头茶坊内，有卖熟水人，持两银杯。一客衣服济然若巨商者，行过就饮。总辖遥见，呼谓曰：『吾在此，不得弄手段！将执汝！』客惭悚谢罪而去。人问其故，曰：『此盗魁也，适饮汤，以两手捧盂，盖阴度其广狭，将作伪者以易之耳。』比韩王府中忽失银器数件，掌器婢叫呼，为贼伤手。赵从善尹京，命总辖往府中，测试良久，执一亲仆讯之，立服。归白赵云：『适视婢疮口在左手。盖与仆有私，窃器与之，以刃自伤，谬称有贼；而此仆意思有异于众，是以得之。』

【注释】

①临安：地名，在今浙江杭州市。

②总辖：官名，古时指一路一府所置的武官。

【译文】

临安有户人家遭小偷，依现场所留的痕迹来看，似乎不是人为的盗窃案。

总辖对属吏说：『这件窃案，恐怕是街上耍猴的江湖郎中所干的。你们不妨把这人抓来逼问，如若他不认罪，就要他朝手掌吐口水。』

属吏照总辖所说要那耍猴人吐口水，那人发觉自己口干舌燥，根本吐不出口水，不由神色大变，只有俯首认罪。原来是他命猴子从天窗进入屋舍窃取财物。

有属吏问总辖怎么知道耍猴者是小偷，总辖说：『我也没有绝对的把握，只是人心中害怕就会影响唾液的分泌，吐不出口水来，因此我姑且拿他试一试，幸运地被我猜中了。』

另有一名总辖坐在茶坊喝茶时，茶坊老板取出银杯注入茶水卖给往来客人。有位衣着光鲜俨然富商模样的客人走进茶坊，顺手拿起桌上的银杯喝茶。

坐在远处的总辖忽然对富商说：『有我在这儿，你不可玩花样，否则我抓你入狱。』

那名假富商立即羞惭地离去。

别人问总辖原因，总辖说：『刚才那名富商其实是土匪头假扮的。刚才他喝茶时，用两手捧着银杯，事实上是在测度银杯大小，好用假银杯替换。』

还有一次，韩王府中忽然有数件银器遭人盗取，管银器的婢女大喊捉贼时，被贼人砍伤手腕。恰好尹京赵从善命总辖前去韩王府办案，总辖观察很久，忽然逮捕王爷的一名亲信。经过侦讯，那名亲信坦白罪行。

总辖回府向赵从善报告说：『我刚才检视，婢女的伤口在左手。经审问果然承认因与王爷亲信有私情，因此为他盗取银器，再用刀割伤手腕，故意谎报有贼，而我见这名亲信神色异于旁人，才起疑逮捕，得以破案。』

行成一眼能辨贼

唐怀州①河内县董行成能策②贼。有一人从河阳长店盗行人驴一头并皮袋，天欲晓至怀州。行成至街中一见，呵之曰：『个贼在！』即下驴承伏。人问何以知之，行成曰：『此驴行急而汗，非长行也，见人则引驴远过，怯也。以此知之。』有顷，驴主已踪至矣。

【注释】

①怀州：古州名，在今河南沁阳市。

②策：『册』，拘捕，捕禁。

【译文】

唐朝怀州河内县有一个叫董行成的人，善于捉贼。有一人在河阳长店偷盗过路人的一头毛驴和一个皮袋，天快亮的时候到了怀州城。董行成在街上，一眼就认出此人乃是盗贼，大声呵斥道：『好你个毛贼，哪里去！』那人慌忙跳下驴子，低头认罪。有人问董行成怎么知道那人是贼，董行成道：『这头驴子走得很急，身上有汗，不是走远路的。那人见了人，就赶着驴子远远躲过，这是胆怯。因此知道那人是偷驴子的。』过了不久，驴子的主人已跟踪追来了。

张小舍识盗奇能

相传维亭张小舍善察盗。偶行市中，见一人衣冠甚整，遇荷草者，捋取数茎，因如厕[①]。张俟其出，从后叱之，其人惶惧，鞫之，盗也。又尝于暑月游一古庙之中，有三四辈席地鼾睡，傍有西瓜劈开未食。张亦指为盗而擒之，果然。或叩其术，张曰：『入厕用草，此无赖小人，其衣冠，必盗来者。古庙群睡，夜劳而昼倦；劈西瓜，以辟蝇[②]也！』时为之语云：『天不怕，地不怕，只怕维亭张小舍。』后遇瞽丐于途，疑而迹之，见其跨沟而过，擒焉，果盗魁，其瞽则伪也。请以重赂免，期某日，过期不至。久之，张复遇于途，责以渝约[③]。盗曰：『已输[④]于卧床之左足，但夜至，不敢惊寝耳！』张犹未信，曰：『以何为征？』盗即述是夜其夫妇私语，张始大骇。归视床足，有物系焉，如所许数，兼得一利刃，悚然曰：『危哉乎！』自是察盗颇疏。

【梦龙评】 小舍智，此盗亦智。小舍先察盗，智；后疏于察盗，更智！

【注释】

①如厕：去厕所。

②劈西瓜，以辟蝇：切开西瓜，引蝇叮瓜。

③渝约：不守约。

④输：交送。

【译文】

据说维亭的张小舍有识辨盗匪的奇能。

某日他走在街上，遇到一位衣冠整洁的男子，坐在一辆装满柴草的车上。只见这名男子随手拔下一把草，下车走进厕所。张小舍等这男子出来后，忽然在他背后喊了一声，把这男子吓了一跳，经审问果然是盗贼。

又有一次，在一个大暑天，张小舍到一座古庙去游玩，庙中有三四人席地酣睡，旁边还放着切开未吃的西瓜。这时张小舍指着睡觉的三四人说是盗贼，经衙役逮捕审问，果如其言。

有人问张小舍，他是凭何方法识别盗贼，张小舍回答说：『这道理其实很简单，入厕使用柴草，是毫无生活教养、无赖之辈的行为，然而这名男子却衣着光鲜整齐，因此我判定那人的衣服是偷来的。还有那几个在古庙睡觉的人，由于小偷都是在晚上活动，所以白天才会疲倦。他们故意切开西瓜不吃，是为了怕苍蝇叮他们的脸。』

所以，当时的盗匪，真可说是『天不怕地不怕，只怕维亭张小舍』。

某天张小舍在路上遇到一个瞎乞丐，他一见就起了疑心。因此他就在后跟踪，结果发现这名瞎乞丐能跳过水沟，经下令逮捕审讯，才知道他就是土匪头，假装成瞎子在街市探听消息。

又有一次，有名盗匪被张小舍识破，盗匪请张小舍放过他，而且答允当晚送一笔钱给张小舍。可是到第二天，仍不见盗匪送钱来。

不久张小舍又在街上遇见那名盗匪，张小舍斥责他不守信诺，盗贼说：『我已经把钱送出了，寄放在你床的左下角。由于我是半夜去，所以不敢吵醒你。』

张小舍不相信，就问盗匪有什么证据。盗匪立刻毫不迟疑说出当晚的情形，甚至把他们夫妻间的私话都说出来，这时张小舍才感到万分惊恐。

他回到家仔细一查看，果然见到有包钱绑在床脚下，但是钱包上附了一把刀。他不由大抽一口冷气，叫道：『好险哪！』

他从此再也不敢干识别盗匪、报官逮捕的事。

【梦龙评】张小舍有辨识盗匪的智慧，那名盗匪也有深懂人性弱点的智慧。张小舍辨盗是智，后来放弃也是智。

敏中重审知实情

向敏中在西京时，有僧暮过村，求寄宿，主人不许，于是权寄宿主人外车厢。夜有盗自墙上扶一妇人囊衣而出，僧自念不为主人所纳，今主人家亡其妇人及财，明日必执我。因亡去。误堕眢井①。则妇人已为盗所杀，先在井中矣。明日，主人踪迹得之，执诣县。僧自诬服：诱与俱亡，惧追者，因杀之投井中，暮夜不觉失足，亦坠；赃在井旁，不知何人取去。狱成言府，府皆平允。独敏中以赃不获致疑，乃引僧固问，得其实对。敏中密使吏出访。吏食村店，店妪闻自府中来，问曰：『僧之狱何如？』吏绐②之曰：『昨已笞死矣！』妪曰：『今获贼何如？』曰：『已误决此狱，虽获贼亦不问也。』妪曰：『言之无伤矣。妇人者，乃村中少年某甲所杀也！』指示其舍，吏就舍中掩捕获之。案问具服，并得其赃。僧乃得出。

【梦龙评】前代明察之官，其成事往往得吏力。吏出自公举，故多可用之才。今出钱纳吏，以吏为市耳，令访狱，便鬻狱矣；况官之心犹吏也，民安得不冤！

【注释】

①眢（yuān）井：枯井。

②绐（dài）：欺诈。

【译文】

宋朝人向敏中任职西京时，有名和尚路经一村落，见天色已晚，就央求屋主请求借住一宿，但被屋主婉拒。不得已，和尚只好暂时栖身屋主停放在屋外的车厢里。

到了半夜，和尚突然惊醒，看见一个贼人背着一个妇人，手上提着包袱翻过屋墙后，匆忙离去。和尚不由在心中盘算道：早些时屋主拒绝我入屋借宿，现在若这屋主发现妻子跑了，财物也不见了，明天一定会找我算账，不如赶快离开此地。不料和尚因心慌没有留意，竟误坠一口枯井中；坠入枯井后，才发觉那个随强盗翻墙逃逸的妇人，已被强盗灭口，弃尸井中。

第二天，屋主果然寻着脚印追踪至井边，把和尚送进官府。和尚百口莫辩，只好供认：自己先诱拐妇人携带财物与自己私奔，但因害怕屋主派人追捕，只好杀了妇人再投井弃尸，而自己也因不小心而落井，至于放在井边的财物，则不知是什么人取去。

狱卒将报告呈送府台，府台认为罪证确凿，应立即宣判。只有向敏中认为赃物遗失很可疑，于是单独审问和尚，终于得知实情。于是他派密探到各地访查。

一天，密探走进村落中一家小吃店吃饭，老板娘听说他从府城来，就问他：『和尚杀人的案子，现在有没有新的发展？』

密探故意欺骗她说：『昨天已判刑处死了！』

老板娘问：『如若现在抓到真凶会怎么样呢？』

『这件凶杀案已结案，和尚也处死了，即使抓到真凶也没有区别，官府不会再过问了。』

老板娘说：『听了这话真难过，那妇人是我们村子里一个叫某甲的年轻人杀的。』接着把某甲的住处指给密探看。密探于是按所指方向将某甲逮捕并取出赃物，某甲坦承罪状，和尚也无罪释放。

【梦龙评】前代明察事理的好官，他们之所以能顺利办案，往往得之属吏的大力协助。而吏卒往往是经荐举才任用，因此多半是可用之才。今朝都是出钱买官，官员变成商品买卖，买到狱卒的职位，日后百姓入狱受审也变成交易买卖，更何况官员的心态一如属吏，官府腐败到这地步，难怪百姓含冤入狱的情形时有所闻。

钱藻分审哄供词

钱藻①备兵密云，有二京军劫人于通州，获之，不服，州以白藻。二贼恃为京军，出语无状。藻乃移甲于大门之外，独留乙鞫问数四，声色甚厉，已而握笔作百许字，若录乙口语状，遣去。随以甲入，给之曰：『乙已吐实，事由于汝，乙当生，汝当死矣！』甲不意其给也，忿然曰：『乙本首事②，何委于我！』乃尽白乙首事状。藻出乙证之，遂论如法。

【注释】

①钱藻：字醇老，北宋临安人，初为秘书校理，后迁侍读学士，知审官东院卒。居高廉静，为人清谨

寡过。人称长者。

②首事：首倡其事。

【译文】

宋朝人钱藻在密云任统兵官时，有两名属二京军的士兵在通州绑架百姓，遭逮捕后，拒不承认罪行，通州府只好呈报钱藻。

两名绑匪依仗自己是京军，态度蛮横，说话无礼。钱藻命人把甲兵带至营门外，单独留下乙兵审问。他声色俱厉，随后持笔写下数百字，好像在记录乙兵的口供。

然后他命人带走乙兵，传讯甲兵，并骗甲兵说：『乙兵已全部招供，你是主谋，因此罪该死，乙为从犯，还可以活命。』

甲兵不知是骗他的，生气地说：『乙兵才是主谋者，为何要嫁祸于我？』

于是甲兵将乙兵如何策划主谋一五一十地全部招供，钱藻命人带出乙兵对质，按罪论处。

老吏捽包骗贼人

吉安州①富豪娶妇，有盗乘人冗杂，入妇室，潜伏床下，伺夜行窃。不意明烛达旦者三夕，饥甚奔出，执以闻官。盗曰：『吾非盗也，医也。妇有癖疾②，令我相随，常为用药耳！』宰诘问再三，盗言妇家事甚详，盖潜伏时所闻枕席语也。宰信之，逮妇供证。富家恳免，不从。谋之老吏，吏白宰曰：『彼妇初归，不论胜负，辱莫大焉。盗潜入突出，必不识妇，若以他妇出对，盗若执之，可见其诬矣。』宰曰：『善！』选一妓，盛服舆至。盗呼曰：『汝邀我治病，乃执我为盗耶！』宰大笑，盗遂伏罪。

【注释】

①吉安州：古州名，治所在庐陵（今江西吉安市），辖境相当今江西新干、泰和间的赣江流域及安福、永新等地。

②癖疾：积久难治的顽疾。

【译文】

吉安州有位富豪娶亲，一名盗贼趁着人多混乱的时候，暗中潜入新妇卧室，躲在床下，想等到半夜再伺机行窃。没想到酒宴持续了三天三夜，窃贼实在耐不住饥饿，只好奔出卧室，结果被送至官府。

窃贼说：『我不是强盗，是医生；新娘子有疾病，命我随侍在侧，好随时为她配药。』

县宰再三审讯，强盗却把新娘子的私事说得很清楚，原来这都是躲在床下听来的。

于是县宰不得不相信窃贼的话，准备召新娘子来对质。富人怕此事张扬出去有损颜面，恳求县宰不要传讯新娘子，县宰不答应。

富人只好央求老吏卒，老吏卒对县宰说：『这新娘子是第一次嫁人，不论官司输赢，对新娘子而言都是莫大羞辱。窃贼趁乱藏在卧室床下，后因忍不了饥饿夺门而出，因此一定没见过新娘子的模样。假如让别的妇女顶替，窃贼却指认她是新娘子的话，就可证明窃贼说谎。』

县宰同意老吏的建议，选一名妓女盛装打扮，乘坐轿子而来，窃贼见了那妓女大叫道：『你请我替你治病，为何又要诬指我是盗匪？』

县宰听了大笑，窃贼这才明白上当，只好低头认罪。

陈襄用钟破窃案

襄[1]摄浦城令。民有失物者，贼曹捕偷儿数辈，至相撑拄。襄曰：『某庙钟能辨盗，犯者扪[2]之辄有声，否则寂。』乃遣吏先引盗行，自率同列诣钟所，祭祷而阴涂以墨，蔽以帷，命群盗往扪。少焉呼出，独一人手不污，扣[3]之，乃盗也，盖畏钟有声，故不敢扪云。

【梦龙评】按：襄倡道海滨，与陈烈[4]、周希孟、郑穆为友，号『四先生』云。

【注释】

①襄：陈襄，北宋庆历年间进士。

②扪：触摸。

③扣：审问。

④陈烈：字季慈，宋侯官人，为人介僻孝龙，学行端饬，动遵古礼。

【译文】

陈襄为浦城令时，有平民报案失窃财物。捕役抓到好几名偷儿，偷儿们相互指称对方才是窃案的真凶。陈襄对他们说：『有座庙里的钟能辨别盗贼，如是真正的小偷触摸钟，钟就会发出声响；若不是小偷，钟就不会发出任何声音。』

因此他派吏卒押着偷儿们先行，自己却带领官府中其他官员到庙中祭祷，私下在钟上涂满墨汁，再用幕帘遮住，这才命偷儿们一一上前摸钟。

等众人绕钟一圈后，只有一人手上没有墨汁。审问后，他果然是真正的小偷。原来那名偷儿害怕钟会发声，因此不敢摸。

【梦龙评】陈襄提倡文章义理，与陈烈、周希孟、郑穆三人是好朋友，当时人称『四先生』。

胡汲仲借麦诈盗贼

胡汲仲在宁海日①，有群妪聚佛庵诵经，一妪失其衣。适汲仲出行，讼于前。汲仲以牟麦②置群妪掌中，令合掌绕佛诵经如故。汲仲闭目端坐，且曰：『吾令神督之，盗衣者行数周，麦当芽。』中一妪屡开视其掌，遂命缚之，果窃衣者。

【注释】

①胡汲仲：胡长孺，宋永康人，至元中授扬州教授，转宁海主簿，后隐居不复仕，门人私谥纯节先生。宁海：州名，治所在牟平（故址在今福山县境），辖境相当今山东省大姑河以东地区。

②牟麦：『麰』，大麦。

【译文】

胡汲仲（名长孺，字汲仲，宋末元初学者）在元朝至元年担任宁海主簿，当时有一群老太太聚集在尼姑庵诵读佛经，其中一个老太太的衣服被人偷走了，刚好胡汲仲外出，这帮老太太就让胡汲仲公断。胡汲仲在每个老太太手中放一粒大麦，让她们握紧大麦，绕着佛像行走，和往常一样边走边诵经。胡汲仲闭目严肃地坐在一旁，并且说：『我请求神明在天上监督诸位，凡盗取衣物的人在绕佛几圈后，手中的大麦就会发芽。』其中有一老太太不住地伸开手掌看，汲仲就命人把这个老太太抓起来，一问，果然正是偷衣服的。

杨公诈偷破盗案

佥都御史杨北山公名武，关中康德涵①之姊丈也。为淄川令，善用奇。邑有盗市人稷米者，求之不得。公摄其邻居者数十人，跪之于庭，而漫理他事不问。已忽厉声曰：『吾得盗米者矣！』其一人色动良久。复厉声言之，其人愈益色动。公指之曰：『第几行第几人是盗米者！』其人遂服。又有盗田园瓜瓠者，是夜大风雨，根蔓俱尽。公疑其仇家也，乃令即取夜盗者足迹，布灰于庭，摄村中之丁壮者，令履其上，而曰：『合其迹者即盗也！』其最后一人辗转有难色，且气促甚。公执而讯之，果仇家而盗者也，瓜瓠宛然在焉。又一行路者，于路旁枕石睡熟，囊中千钱人盗去。公令舁其石于庭，鞭之数十，而许人纵观不禁。乃潜使人于门外候之，有窥觇不入者即擒之。果得一人，盗钱者也。闻鞭石事甚奇，不能不来，入则又不敢。求其钱，费十文尔，余以还枕石者。

【注释】

①康德涵：康海，字德涵，明弘治进士第一。

【译文】

佥都御史杨北山，单名武，是关中康德涵的姐夫。他在任淄川令时，以善于用奇计破案而出名。

有一次，城中发生谷粱失窃、遭人盗卖的事，但总是抓不到偷儿。杨公下令将失主住处附近的几十名邻居全带到府衙问话，当一干人被带到官府后，杨公只让他们全跪在庭院中，而自己却慢条斯理地处理其他的公文。

过了一会儿，只听见杨公厉声说道：『我找到那个偷米的人了！』

这时跪在庭下的人群中有一人神色突变。

不久，杨公文重复一遍：『抓到小偷了。』

那人的神色越来越惊慌，杨公这才指着他说：『第几行第几人就是盗米者。』

盗米者一听，立刻坦承罪行。

又有一次，发生一件盗瓜的案子。失瓜的那晚风雨交加，然而瓜田中的根叶藤蔓却遭人连根拔起。杨公判断这必定是仇家所干，就要手下收集盗瓜者遗留下的脚印，然后在庭中铺上细沙，要村中的壮丁一一在沙上留下脚印比对，说：『凡是脚印相合，就是盗瓜贼。』

当最后一名壮丁准备留脚印时，他一直借故推托并且呼吸急促。杨公厉声质问，果然他是因两家有仇隙，想盗瓜泄恨，所盗取的瓜果全堆放在家中。

又有一次，一位路人因赶路劳累，就枕在路旁的一块大石头边睡着了。醒来后，他发觉行囊中的一千钱被人盗走。

杨公接获报案后，就命人将那块大石吊起来鞭打，而且允许百姓观看；暗中他则派人在官府门外监视，如若发现有人在府门外探头探脑，却不敢入府看个究竟者，就立刻擒下。后来果然抓到一个人，就是那个偷钱者。

原来他听说县令居然要鞭打石头，觉得好奇，但又因心虚，不敢进官府看个究竟，只好在门外张望。事后杨公只索取十文钱，其余全部还给失主。

子产识破杀夫妇

郑子产晨出，过束匠①之闾，闻妇人之哭也，抚其御之手而听之。有间，遣吏执而问之，则手绞其夫者也。异日其御问曰：『夫子何以知之？』子产曰：『其声惧，凡人于其亲爱也，始病而忧，临死而惧，已死而哀。今夫哭已死不哀而惧，是以知其有奸也！』

严遵为扬州行部②，闻道旁女子哭而不哀。问之，云夫遭火死。遵使舆尸到，令人守之，曰：『当有物往。』更日有蝇聚头所。遵令披视，铁椎贯顶。考问，乃以淫杀人者。

【注释】

①束匠：工匠。

②严遵：东汉闽中郡人，初为长安令，政治严明，迁扬州刺史，后当迁，吏民拦道止之，凡三迁，都不得行。行部：汉制，刺史常于八月巡视部属，考察行政，称为行部。

【译文】

郑国执政子产早晨乘车出行，路过编织匠门前时，听到屋中传出妇人的哭声，就抚着驾车人的手示意停车，倾听起来，过了会儿，派吏役把那个妇人抓来审问，原来这个妇人正是亲手杀死丈夫的人。第二天，驾车人问子产：『您怎么知道那个妇人杀了人呢？』子产说：『她的哭声有一种恐惧的味道。人们对于亲爱的人，刚开始生病时感到忧愁，临死的时候感到恐惧，已死之后感到悲哀。如今那个妇人哭吊她已死的丈夫，没有悲哀之意，而有畏惧之感，因此知道其中必有奸情！』

西汉严遵任扬州行部时，听到路旁一女子在哭泣，却没有哀痛之意。严遵问她为何哭泣，女子回答说丈夫被火烧死。严遵令人用车子把尸首送来，命人守候在旁，说：『会有东西前来。』改日，有许多苍蝇聚集到尸首的头部。严遵命令剖开检查，发现一把铁锤从头顶直贯而下。于是把那女子抓起来严加拷问，原来这女子和人私通，谋杀了她的亲夫。

元绛智破杀夫案

江宁推官元绛[1]摄上元令。甲与乙被酒相殴，甲归卧，夜为盗断足。妻称乙，执乙诣县，而甲已死。绛敕其妻曰：『归治夫丧，乙已服矣！』阴遣谨信吏[2]迹其后，望一僧迎笑，切切私语。绛命取系庑下，诘妻奸状，即吐实。人问其故，绛曰：『吾见妻哭不哀，且与伤者共席而襦无血污，是以知之。』

【注释】

①元绛：少敏悟，登进士第，调江宁推官，摄上元令。为范仲淹荐知永新县。后官至翰林学士、参知政事。

②谨信吏：办事稳重可靠的吏员。

【译文】

宋朝时江宁县推官元绛治理上元县时，有甲乙两百姓酒醉后互相殴打，甲回到家中就醉卧在床，不料在半夜竟被人砍断双脚。甲妻指称凶手是乙，于是乙被逮捕入狱，不久甲因伤重不治死亡。元绛对甲妻说：『乙已招供认罪，你就先回去料理你丈夫的后事吧！』元绛却暗中派吏卒跟随甲妻，暗中监视。吏卒果然发现一名僧人远远地看见甲妻就迎了上来，低声谈论。元绛接获报告，立刻派人逮捕甲妻，厉声质问，甲妻见行迹败露，只好一一从实招来。

事后有人请教元绛，元绛说：『我见甲妻虽哭但并不哀伤，再说与死者共睡一榻，为什么身上竟没有沾上一滴血迹呢？因此我判断其中必有奸情。』

张升一语破奸情

张升[①]知润州日，有妇人夫出，数日不归，忽有人报菜园井中有死人，妇人惊往视之，号哭曰：『吾夫也！』遂以闻官。公令属官集邻里，就井验是其夫与否，皆以井深不可辨，请出尸验之。公曰：『众皆不能辨，妇人独何以知其是夫？』收付所司鞫问，果奸人杀其夫，而妇人与谋者。

【注释】

①张升：字杲卿，北宋韩城人，举进士，仁宗时拜御史中丞，历任参知政事、枢密使尊，英宗时以太子太师致仕。

【译文】

张升在治理润州时，县中有个妇人的丈夫出门几天都没有回家。一天，忽然有人指称菜园井中发现有死人。这个妇人立即神色惊慌地前往菜圃，而且一路哭喊着说：『那是我丈夫。』因此众人报官处理。张升命属吏召集邻人前往井边认尸。邻人都说：『井太深了，尸首根本无法辨认，请大人命人将尸首自井底吊出来，我们才能辨认。』张升说：『众人都说井深无法辨尸，这妇人如何知道死者一定是她丈夫？』因此他交付有关单位侦办，经过拷问，果然是这妇女与奸夫共同谋杀了自己的丈夫，然后弃尸井中。

范纯仁破毒案

参军朱僭年暴死，范纯仁使子弟视丧小殓[①]，口鼻血出。纯仁疑其非命，按得其妾与小吏奸，因会，置毒鳖肉中。纯仁问：『食肉在第几巡？』曰：『岂有既中毒而尚能终席者乎？』再讯之，则僭年素不食鳖，其曰毒鳖肉者，盖妾与吏欲为变狱张本[②]以逃死尔，实僭年醉归，毒于酒而杀之，遂正其罪。

【注释】

①小殓：给死者穿衣服。

②为变狱张本：为翻案留下借口。

【译文】

宋朝参军朱僭年暴毙，范纯仁（范仲淹次子）派弟子吊丧，检视遗体时，发现死者口鼻出血，所以范纯仁怀疑参军是死于非命。经一再审讯，果然得知参军的妾室与小吏有奸情，因此两人就在鳖肉中下毒。

范纯仁在问过厨子肉食是第几道菜后，说：『哪有中毒的人能支撑到饭局结束？』

范纯仁再传两人询问。原来朱僭年长年吃素根本不吃肉，两人供说在鳖肉中下毒，只是为了想日后翻案好脱罪活命。实际上是朱僭年酒醉回家后，他妾室又劝他饮下毒酒而死。案情大白后，两人都按律治罪。

宗龟以武诱屠夫

刘宗龟镇海南，有富商子少年泊舟江岸，见高门一妙姬①，殊不避人。少年挑之曰：『黄昏当访宅矣！』姬微哂。是夕，果启扉候之。少年未至，有盗入欲行窃。姬不知，就之；盗谓见执，以刀刺之，遗刀而逸。少年后至，践其血，仆地，扪之，见死者，急出，解维②而去。明日，其家迹至江岸，岸上云：『夜有某客舡③径发。』官差人追到，拷掠备至，具实吐之，唯不招杀人。视其刀，乃屠家物。宗龟下令曰：『某日演武，大飨军士，合境庖丁，集球场以俟。』烹宰既集，又下令曰：『今日已晚，可翼日至。』乃各留刀，阴以杀人刀杂其中，换下一口。明日各来请刀，唯一屠者后至，不肯持去。诘之，对曰：『此非某刀，乃某人之刀耳。』命擒之，则已窜矣。乃以他死囚代商子，侵夜毙于市。窜者知囚已毙，不一二夕果归，遂擒伏法。商子拟以奸罪，杖背而已。

【注释】

①妙姬：意为美女。

②维：系船的绳子。

③客舡（chuán）：客船。

【译文】

刘宗龟镇守海南时，有位年轻的富商子弟，一日将船停泊在江岸，抬头见一大户人家门前站着一位妙龄少女，见了陌生人却毫不害羞。

富商子挑逗她说：『黄昏后必定到府上拜访你。』

少女听了不觉脸色微红。当晚，少女果然大门半掩等候富商子。

谁料富商子还没到，小偷却上门来了。小偷正想行窃，远远望见少女迎向自己。那少女也不知道来人是小偷，还以为是富商子。小偷见事迹败露，怕被送官治罪，就一刀杀了少女，留下凶刀后逃跑。

不久，富商子依约而至，不留神踏到血迹摔倒在地，这才发现少女已被人杀死，急忙冲出少女家，回到船上解绳离去。

第二天，少女的家人循着血脚印追踪到岸边。岸边平民说，昨晚半夜有艘客船匆匆离去。差官追捕到富商子，经过严刑拷问，富商子据实回答，不承认杀人。差官检查凶刀，类似屠夫所用的刀具。

因此刘宗龟下令说：『某日要举行比武，要犒赏军士，全县所有屠夫厨师都要到球场集合，准备到时宰杀牲畜做菜。』

到了集合日，刘宗龟又下令说：『今天时间已晚，明天再来，各人所携带的屠刀一律留下。』并且暗中将那把凶刀与其中一把屠刀调换。

第二天，屠夫们前来领刀，唯有一名屠夫迟迟不肯领刀，问他原因，他说：『这不是我的刀，是某某人的。』

刘宗龟下令追捕，那屠夫已先一步逃走。

于是刘宗龟故意用其他死囚犯假冒富商子之名正法。那逃走的真正凶手见富商子已被正法，以为不会再有事，因此过一两天就回家了，这时刘宗龟才将他逮捕治罪。至于富商子，也因意图不轨被判鞭打。

郡王智破无头案

有人因他适回，见其妻被杀于家，但失其首，奔告妻族。妻族以婿杀女，讼于郡主①。刑掠既严，遂自诬服。独一从事疑之，谓使君②曰：『人命至重，须缓而穷之。且为夫者，谁忍杀妻？纵有隙而害之，必为脱祸之计，或推病殒，或托暴亡。今存尸而弃首，其理甚明，请为更谳③。』使君许之，从事乃迁系于别室，仍给酒食。然后遍勘在城仵作④行人，令各供近来与人家安厝⑤坟墓多少文状。既而一一面诘之，曰：『汝等与人家举事，还有可疑者乎？』中一人曰：『某于一豪家举事，共言杀却一奶子。于墙上舁过，凶器中甚似无物，见在某坊。』发之，果得一妇人首，令诉者验认，则云『非是』。遂收豪家鞫之，豪家款伏。乃是与妇私好，杀一奶子，函首而葬之，以妇衣衣奶子身尸，而易妇以归，畜于私室，其狱遂白。

【注释】

①郡主：唐宋指太子诸王之女为郡主，但此处似指郡守。

②使君：古人对州郡长官的尊称。

③谳（yàn）：审判定罪。

④仵（wǔ）作：古时指官署中检验死伤的衙役。

⑤安厝（cuò）：安放，迁移。

【译文】

一人外出归家，见他的妻子被人杀害在家中，只有尸体在，头却不见了，赶快去向妻子的娘家人报告。妻子的娘家人以是女婿杀害了女儿，就向郡守告发。经过严刑拷打，那人屈打成招。只有一从事对此案表示怀疑，对郡守说：『人命关天不可草率，还是再仔细审问后再宣判，一般而论，身为丈夫，谁狠得下毒手杀害自己的妻子？再说纵使反目杀害妻子，一定想尽办法为自己脱罪，不是推说病死，就是暴毙，现在只有尸身不见尸首，显而易见不是死者丈夫所杀，请大王下令重审。』郡守答应了从事的要求。从事把那个男子移到别的牢房关押，仍旧给他酒食。后遍访城中检验命案死伤、代人殓葬为业的人，令他们将近来人家安坟迁墓的数目和情况具状呈递，接着一一叫来当面询问，说：『你们给人家迁坟安葬，有什么可疑的情况吗？』其中有一人说：『我在一富豪家办事，都说杀了一个奶妈，从墙上抬过来时，棺材很轻，其中似乎没有什么东西，现埋在某坊。』从事命人挖掘，果然挖出一颗女人头，让被告辨认，却说不是其妻子。于是把富豪抓起来审问，富豪低头认罪。原来，富豪和被告的妻子通奸，杀了一个奶妈，把奶妈的头用棺材装起来埋葬，将被告妻子的衣服穿在奶妈的尸体上，用尸体冒充被告的妻子，而把被告的妻子带回家，养在一个不为人知的房屋里。至此，这个案件才真相大白。

徽商诈僧破命案

徽富商某，悦一小家妇，欲娶之，厚饵其夫。夫利其金，以语妇，妇不从，强而后可。卜夜①为具②招之，故自匿，而令妇主觞。商来稍迟，入则妇先被杀，亡其首矣，惊走，不知其由。夫以为商也，讼于郡。商曰：『相悦有之，即不从，尚可缓图，何至杀之？』一老人曰：『向时叫夜僧，于杀人次夜遂无声，可疑也。』商募人察僧所在，果于傍郡识之，乃以一人着妇衣居林中，候僧过，作妇声呼曰：『和尚还我头！』僧惊曰：『头在汝宅上三家铺架上！』众出缚僧。僧知语泄，曰：『向其夜门启，欲入盗，见妇盛装泣床侧，欲淫不可得，杀而携其头出，挂在三家铺架上。』拘上三家人至，曰：『有之，当时惧祸，移挂又上数家门首树上。』拘又上数家人至，曰：『有之，当日即埋在园中。』遣吏往掘，果得一头，乃有须男子。再掘而妇头始出。问：『头何从来？』乃十年前斩其仇头，于是二人皆抵死。

【注释】

①卜夜：预约定某夜。

②为具：设酒食之具。

【译文】

徽州一名富商喜欢上他人的妻子，想娶她为妾，因此想用厚礼收买那女子的丈夫。女子的丈夫经不住金钱诱惑，就要妻子答应富商要求。女子刚开始不肯，但在丈夫的逼迫下，只得勉强同意。

一夜，女子的丈夫准备妥当后，就邀富商来家喝酒，命妻子在一旁伺候，自己却借故离去。富豪来得比约定的时间晚，进门时女子已遭人谋害，头颅却不翼而飞。富商不知发生了什么事，只好惊慌地离去。

女子的丈夫认为富商杀了自己妻子，于是一状告到郡府。

富商说：『我喜欢那女子是实情，但即使她不肯答应我的要求，凡事可以好好商量，我何至于到杀她的地步呢？』

有一老人说：『案发当晚听见女子大叫和尚，隔天邻寺的和尚就不见了，这事很可疑。』

富商雇人追查和尚行踪，果然在邻郡发现这名和尚。于是，要一人穿上妇人衣服在树林中等候，待和尚路过时，故意假冒妇人的声音大叫：『和尚还我头来！』

和尚在惊惶中脱口而出：『你的头在你老家左边第三家的铺架上。』

这时，埋伏的众人便一拥而上，擒获和尚。

和尚知道自己泄了口风，说：『那夜我见她家大门开着，想进屋偷东西，一进门就见一女子盛装坐在床边哭泣。我想与之亲热，她抵死不肯，我只好杀了她，而且割下她的头带走，挂在她家左边第三家的铺架上。』

捕头拘来左边第三家的邻人，他们说：『确实有这件事，那人头当晚就埋在后园中了。』

捕役派吏卒在园中挖掘，果然挖出一颗人头，却是一名男子。再挖旁边才发现女子的头。捕役质问园主男子头从什么地方来，原来是十年前园主所斩下仇人的头，因此和尚与园主分别以死抵罪。

县令巧破杀女案

临海县迎新秀才适黉宫①，有女窥见一生韶美②，悦之。一卖婆在傍曰：『此吾邻家子也。为小娘子执伐③，成，佳偶矣！』卖婆以女意诱生，生不从。卖婆有子无赖，因假生夜往，女不能辨。一日，其家舍客，夫妇因移女，而以女榻寝之。夜有人断其双首以去。明发以闻于县，令以为其家杀之，而橐装无损，杀之何为？乃问：『榻向寝谁氏？』曰：『是其女。』令曰：『知之矣！』立逮其女，作威震之曰：『汝奸夫为谁？』曰：『某秀才。』逮生至，曰：『卖婆语有之，何尝至其家！』又问女：『秀才身有何记？』曰：『臂有痣。』视之无有，令沉思曰：『卖婆有子乎？』逮其子，视臂有痣，曰：『杀人者汝也！』刑之，即自输服。盖其夜扪得骈首，以为女有他奸，杀之。生由是得释。

【注释】

①临海：古县名，今属浙江省。黉（hóng）宫：古时指学校的校舍。

②韶美：美好，指美貌。

③执伐：做媒。

【译文】

有位新秀才发配到临海县，当秀才去学校报到时，一位少女由门缝中偷窥到这位秀才，惊为美男子，因此日夜不停地想念这位秀才。

一位媒婆识破少女的心意，就对少女说：『这秀才是我邻家的儿子，我替你去说媒。』于是媒婆就把少女的心意转达给秀才，不料却被秀才婉言拒绝。

媒婆有个不长进的儿子，由母亲口中知道少女怀春，就偷偷假扮成书生，趁夜闯进少女闺房，自称自己就是那秀才，而少女竟也没有识破对方是假的。

一天，有对夫妇来少女家做客，夜晚这对夫妇就睡在少女房中。不料媒婆的儿子在半夜潜入少女闺房后，竟砍下那夫妻二人的脑袋后离去。第二天少女的家人见发生命案，急忙跑到衙门报案。

县令初步调查后，认为凶手也许是少女的家人，可是被害人的财物丝毫不见短缺，那又为何会发生命案呢？因此县令追问被害人所睡的床是谁的，家人回答说是少女的。这时县令忽有所悟，立刻传讯少女，厉声质问：『你的情人是谁？』

少女回答说是某秀才。

于是县令再传秀才问话，秀才答道根本未曾去过少女家，并举媒婆做证。

因此县令再问少女：『那秀才身上可有什么特征？』

少女说：『他胳膊上有一颗痣。』

经查证，秀才的手臂上并没有痣。

这时县令沉思一会儿，说：『媒婆有没有儿子？』于是传媒婆儿子来审讯，发现他的胳膊上竟有一颗痣，县令因此断定说：『凶手就是你，你罪当处死。』

这时凶手才俯首认罪。原来那夜媒婆的儿子以为睡在少女房中的夫妇，是少女跟她另外一位情郎，由妒生恨，才砍下那对夫妇脑袋。案情到此大白，秀才无罪释放。

王安礼巧破诬告

王安礼[1]知开封府。逻者连得匿名书告人不轨，所涉百余人。帝付安礼令亟治之。安礼验所指略同，最后一书加三人，有姓薛者。安礼喜曰：『吾得之矣！』呼问薛曰：『若岂有素不快者耶？』曰：『有持笔求售者，拒之，鞅鞅[2]去，其意似相衔。』即命捕讯，果其所为，枭其首于市，不逮一人，京师谓之神明。

【注释】

①王安礼：字和甫，北宋临川人，王安石之弟，早年登第，直八院，进翰林学士，知开封府，官终知太原府。

②鞅鞅：同『怏怏』，郁郁不乐。

【译文】

北宋王安礼（字和甫，王安石之弟）知开封府，巡逻的人接连发现匿名信，控告某人行为不轨，匿名信涉及的有一百多人。皇上把这件事交付王安礼查办，令他迅速破案。王安礼检查所有的匿名信，发现笔迹大体相同，而最后一封匿名信控告的人加了三个，其中有一个姓薛的。王安礼高兴地说：『我知道这案子是怎么回事了！』把姓薛的人喊来，问道：『你平日该不会有什么仇人吧？』回答道：『有一个人来向我推销笔，我没有买他的，他就很不高兴地离开了，看他的表情似乎有仇恨之意。』王安礼即命人把那人抓来审问，匿名信的事果然都是他干的，于是就把他押赴市曹斩首。王安礼不抓一人，而能迅速破获此案，京师的人都称赞他破案神明。

慕容彦超计诱伪银者

慕容彦超为泰宁节度使，好聚敛，在镇常置库[①]质钱。有奸民为伪银以质者，主吏久之乃觉。彦超阴教主吏夜穴库垣，尽徙金帛于他所，而以盗告。彦超即榜市，使民自言所质以偿。于是民争来言，遂得质伪银者。超不罪，置之深室，使教十余人为之，皆铁为之质而包以银，号『铁胎银』。

【梦龙评】得质伪银者，巧矣；教十余人为之，是自为奸也。后周兵围城[②]，超出库中银劳军。军士哗曰：『此铁胎耳！』咸不为用，超遂自杀。此可为小智亡身之戒！

【注释】

①库：典当铺。

②后周兵围城：后周广顺二年（952年），周太祖亲率兵围兖州。慕容彦超性贪吝，人无斗志。城破，彦超与妻投井死。

【译文】

泰宁节度使慕容彦超平日喜好积敛财物，曾在官府内另设银库供百姓存借银两，赚取暴利。有个暴民用假造的银两质押骗取利息，过了很长一段时间，才被管银库的吏员觉察。慕容彦超接获报告后，偷偷告诉主吏，趁夜在库房墙上凿一个大洞，将全部库银搬运他处，再对外宣称库银遭盗窃。隔日，慕容彦超在市集张贴告示，要民众自行登记所质押的银两，以便办理清偿。民众见了告示，为保权益争相登记，终于抓到主犯。

怎料，慕容彦超竟没有将他治罪，反而选一处隐秘的地方，另辟一室，并挑选十多人跟他学习制造伪银的技术。这种伪银是在银心中灌铁，所以人称『铁胎银』。

【梦龙评】慕容彦超用计诱捕使用伪银者，确实高明，但要十多名手下学习制造伪银的技术以敛财，就不免让人耻笑他是奸邪小人。后周曾率兵围城，慕容彦超为激励士气，曾开府库取银犒赏士兵。军士们大声说：『这是铁胎银！』于是，全都拒绝接受，慕容彦超见大势已去，只好自尽。这就是卖弄小聪明，却招致杀身之祸的最好事例。

韩琦把关除旧例

中书习旧弊，每事必用例。五房①吏操例在手，顾金钱唯意所去取——于欲与，即检行之；所不欲，或匿例不见。韩魏公令删五房例及刑房断例，除其冗谬②不可用者，为纲目类次之，封誊谨掌，每用例必自阅。自是人始知赏罚可否出宰相，五房吏不得高下其间。

【梦龙评】『例』之一字，庸人所利，而豪杰所悲。用例已非，况由吏操纵，并例亦非公道乎！寇莱公作相时，章圣语两府择一人为马步军指挥使③。公方拟议，门吏有以文籍进者，问之，曰：『例簿也。』公叱曰：『朝廷欲用一牙官，尚须一例，又安用我辈哉？戕坏国政者正此耳！』今日事事为例，为莱公不能矣；能为魏公，其庶乎？

【注释】

①五房：官署名，古时指吏房、户房、刑房、孔目房、兵礼房五个衙门，隶属中书省。

②冗谬：复杂和错误。

③马步军指挥使：武官名，马军司和步军司都指挥使。

【译文】

中书省沿袭过去的弊端，遇有事情就必定要用规则条例。中书省下属的孔目房、吏房、户房、兵礼房、刑房五房的官吏手里拿着这些规则条例，根据办事人所送金钱的多少决定取舍，想给的话就检出来去做，不想给的话，或许就把规则条例隐匿起来不让人看。魏国公韩琦任宰相，命令删削五房规则条例和刑房断案条例，除去那些多余的、错误的、不可用的规则条例，其余的按类分别编定，誊写好密封，谨慎保管，每逢需要援引规则条例时，必定亲自查阅。从此以后，人们才知道是否奖罚应该由宰相定，五房官吏不能在规则条例的上下限之间自行其是。

【梦龙评】有例可循是一般平庸无能的官员最乐于见到的事，然而有才识的豪杰绝不屑援例。援用旧例已是不对，更何况背后还有恶官操纵把持；而且即使同样的案例，也会有不公道的事情发生。寇准当宰相时，真宗希望在两府中推选一人担任马步军指挥使。寇公正准备草拟议案时，属吏呈上一本文籍，寇公感觉纳闷，经追问原来是以前选录的名单。寇公怒声说：『如果朝廷想任命一名吏员都要援前案，又何必要我等荐举呢？朝廷纲纪败坏就是你们这些人造成的！』

唉！时至今日，事事都援引前例，不要说寇公不能同意，即使韩魏公也不会苟同吧！

政务智囊

威克卷十一

【导读】

本卷收集了以威慑服不法的故事。克，克服，制伏，威服即以威力制服。于非常时期，不能死守成规，而应果断行事，以威、武取胜，如朱亥锥杀大将晋鄙而使信陵君得以将兵救赵，班超敢入『虎穴』斩杀北虏使者而使鄯善国王震怖慑服，皆可谓英明果决，胆量过人。对于不法、玩法之小人，应给以严惩，以儆效尤。李光弼杀玩滤上司之御史；吕公弼剑斩犯法而又小视法律之营卒，张咏杀窃官库一钱而不知悔罪之库吏，黄盖处决不法掾吏而儆诸掾，宗威愍斩擅长饼价之饼师以申法令，都善于立威而灭小人之气焰。秉公执法，不畏权贵，更需一定的胆量，如薛元赏不顾权宦之情面斩杀对大臣无礼之军将，就维护了法之尊严。另外如苏不韦挖地洞、杀仇人之亲、吓杀仇人而为父报仇；张咏杀强要官员之长女为妻的仆夫、窦建德杀盗、陈星卿为寡妇孤儿主持公道，皆能以浩然之正气压服邪气而使正义得以伸张。

【原文】

履虎不咥①，鞭龙得珠，岂曰溟涬②，厥③有奇谋。集《威克》。

【注释】

①咥：咬。

②溟涬：混沌，这里指盲目的行为。

③厥：乃。

【译文】

踏住老虎的尾巴，它就不能再伤人；鞭打大龙的身躯，它就会吐出腹中的宝珠。智者并不需要神仙相助，由于他懂得运用智慧。所以，辑有《威克》一卷。

柴克宏勇斩奸使

后唐柴克宏①有将略，其奉命救常州②也，枢密李征古③忌之，给以羸卒千人，铠杖俱朽蠹者。将至常州，征古复以朱匡业代之，使召克宏。宏曰：『吾计日破贼，汝来召吾，必奸人也！』命斩之。使者曰：『李枢密所命。』克宏曰：『即李枢密来，吾亦斩之！』乃蒙船以幕，匿甲士其中，袭破吴越营。

【梦龙评】奸臣在内，若受代而还，安知不又以无功为罪案乎？破敌完城，即忌口④亦无所施矣。

【注释】

①柴克宏：南唐人，元宗李璟时为抚州刺史，以右卫将军救常州，大破吴越兵，拜奉化军节度使。

②救常州：后周显德三年（956年），周世宗南下攻南唐，吴越发兵攻常州以响应之。

③李征古：时为南唐枢密副使。

④忌口：谗忌者之口。

【译文】

五代南唐时，抚州刺史柴克宏有大将谋略，奉命以右卫将军救援常州（时周世宗征伐南唐，吴越发兵攻常州响应之）。枢密副使李征古嫉妒柴克宏的才能，只给柴克宏几千名羸弱士兵，铠甲兵器都已腐朽虫蛀。快要到达常州时，李征古又让朱匡业代替柴克宏，派使者召柴克宏回京。柴克宏说：『我很快就可打败贼兵，你来召我回京，必定是内奸！』命人将使者斩首。使者说：『我是李枢密派来的，你怎敢杀我！』柴可宏说：『就是李枢密来，我也要杀了他！』于是即斩使者，命人用幕布把船蒙起来，士兵藏在船中，直袭常州，大败吴越兵马。

【梦龙评】朝有奸臣，若柴克宏果真受召返京，谁知不会被安上无功的罪名呢？如今既败敌兵又能保全城池，即使心存嫉妒，也找不到可议论的借口了。

杨素背水一战

杨素攻陈①时，使军士三百人守营。军士惮北军之强，多愿守营。素闻之，即召所留三百人悉斩之。更令简留，无愿留者。又对阵时，先令一二百人赴敌，或不能陷阵而还者，悉斩之。更令二三百人复进，退亦如之。将士股栗，有必死之心，以是战无不克。

【梦龙评】素用法似过峻，然以御积惰之兵，非此不能作其气。夫使法严于上，而士知必死，虽置之散地，犹背水矣。

【注释】

①攻陈：此条记载是杨素平定汉王杨谅之事。隋炀帝即位时，并州总管汉王杨谅起兵反叛，被杨素平定。所以下面称杨谅的军队为『北军』。『陈』应该读作『阵』。

【译文】

有一次，隋朝的杨素攻打陈国时，征求三百名自愿留营守卫的士兵。当时隋兵对北军心存恐惧，纷纷要求留营守卫。

杨素得知士兵怕战的心理，就招来自愿留营的三百人，将他们全部处决，随后再下令征求留营者，再也没有人敢留营。

又对阵作战时，杨素先派一二百名士兵与敌交战，凡是不能尽力冲锋陷阵苟且生还者，一律予以处死，然后再派二三百人进攻，退败的同样处死。将士目睹杨素的治军之道，无不心存警惧，人人抱必死之心，因此与敌人作战，没有不大获全胜的。

【梦龙评】杨素带兵看似过于严苛，但统领治理怠惰成性的士兵，非用严法不能提振士兵气势。假如带兵者立法严苛，士兵也深知兵败难逃一死的道理，那么即使在平地作战，也犹如背水一战了。

安禄山调兵遣将

安禄山①将反前两三日，于宅集宴大将十余人，锡赉②绝厚。满厅施大图，图山川险易、攻取剽劫之势。每人付一图，令曰：『有违者斩！』直至洛阳。指挥皆毕，诸将承命，不敢出声而去。于是行至洛阳，悉如其画。

【梦龙评】此虏亦煞有过人处，用兵者可以为法。

【注释】

①安禄山：唐营州柳城，奚族人，玄宗时官至平卢、范阳、河东三镇节度使。

②锡赍（jī）：赏赐东西。

【译文】

安禄山谋反前两三天，在府中宴请多名手下大将，宴中给每位将军丰厚的赏赐。他还在府宅大厅放置一幅巨大的地图，图中标示各地山川的险易和进攻路线，此外每人都有一幅同样的缩小地图。安禄山对各将领说：『在各位率军前往洛阳会师前，每个人都要照着图中的路线指示行进，违者一律处决。』

警告完毕后，所有的将领都不敢出声地领命离去。在安禄山攻陷洛阳前，各军的部署完全照图中的指示。

【梦龙评】其实安禄山也有过人之处，他带兵的方法可以作为典范。

窦建德戏耍盗匪

夏主窦建德①微时，有劫盗夜入其家。建德知之，立户下，连杀三盗。余盗不敢入，呼取其尸。建德曰：『可投绳下系取去。』盗投绳而下，建德乃自系，使盗曳出，捉刀跃起，复杀数盗。由是益知名。

【梦龙评】以诛盗为戏。

【注释】

①窦建德：隋末清河漳南人，隋末农民起义军领袖之一，曾据河北诸郡，自称夏王、夏帝。

【译文】

夏主窦建德年轻时，有一伙盗贼在夜里闯入他家。窦建德觉察后，就站在窗下，连杀三名盗匪，其他盗匪一见，吓得不敢进屋，只在屋外连声恳求将他们同伴的尸体还给他们。

窦建德说：『你们丢下绳索，好让我捆绑尸体。』

盗匪扔下绳索，窦建德却将绳索绑在自己身上。当盗匪用力拉过墙头时，窦建德立刻反身跳起，就这样又斩杀了好几名盗匪。从此窦建德的名声也就越来越大。

【梦龙评】像窦建德这种杀贼的方法，简直把杀盗匪当游戏玩。

罗点流放恶仆

罗点春伯①为浙西仓司，摄平江府。忽有雇主②讼其逐仆欠钱③者，究问已服，而仆黠狡，反欲污其主，乃自陈尝与主馈之姬④通。既而访之，非实，于是令仆自供奸状，因判云：『仆既负主钱，又污主婢，事之有无虽不可知，然自供已明，合从奸罪⑤，宜断徒配施行。其婢候主人有词日根究。』闻者莫不快之。

【注释】

①罗点春伯：罗点，字春伯，南宋淳熙进士，光宗时试兵部尚书，宁宗时拜端明殿学士、签书枢密院事。

②雇主：雇用仆人者。

③逐仆欠钱：被逐之仆人尚欠雇主之钱。

④主馈之姬：掌管饮食的姬妾，实即主掌家政的姬妾。

⑤奸罪：理合按奸罪律条处置。

【译文】

宋朝人罗点，字春伯，任官浙西统摄平江府。有一日，有位雇主突然控告一个因欠钱而被他逐出府的奴仆，罗点问仆人是否认罪。谁知仆人心机深沉，竟诬蔑他的主人，供说自己曾与主人的侍妾有奸情。

罗点查证后，发觉仆人所言并不是事实，因此命仆人自己供述罪状，接着宣判说：『身为奴仆不但欠主人钱，又恶言诬蔑主人侍妾，事情是否属实，虽不可知，但仆人已自承罪状，因此已明显犯下奸罪，罪应发配放逐。至于那名侍妾，若日后主人追究控告时再判刑。』

当时的人一听说这恶仆的下场，没有人不大叫痛快。

识断卷十二

【导读】

本卷收集了古人能识善断的故事。识，即有识见，遇事不糊涂；断，即行事果断，不优柔寡断。无论做何事都离不开识、断二字。如用人，一旦知某人有才，当大胆任用，否则很容易造成人才流失，或为敌所用，反成对自己的威胁。齐桓公听宁戚和角而歌，知为贤者，马上奉火爵之上卿，襄主毫不犹豫地任命任登所荐之士为中大夫，皆可谓识人善断。又如战争中，一旦认清局势，就应把握时机，果敢而行，三国时孙权听周瑜之分析，采取正确策略，才有赤壁之战的胜利，北宋时寇准认清形势，苦谏大驾亲征澶州，才避免了宗庙倾覆之危险。后汉的寇恂诛杀高峻的使者使高峻丧胆而降，皆是典型的事例。再如执法，一旦断明是非，就应马上付诸执行，文彦博处斩拥兵观望而又诬陷忠义之士的监军黄德和，陆光祖为富民雪冤，皆是善断者。更多的时候，能识善断外，还要有胆量，如唐代的段秀实冒生命危险入郭晞军营晓谕事理，明孔镛深于峒境晓以大义，姜绾与商船淌洋贼窟以慑贼，皆是一身正气，识高胆大者。

【原文】

智生识，识生断。当断不断①，反受其乱。集《识断》。

【注释】

①断：判断。

【译文】

能对事物有更深入的观察与了解，才能做出正确的推断。但是在应该当机立断时，千万不能因为观察、了解而延迟、拖宕。所以，辑有《识断》一卷。

齐桓公大度得宁戚

宁戚①，卫人，饭牛车下②，扣角③而歌。齐桓公异之，将任以政。群臣曰：『卫去齐不远，可使人问之，果贤，用未晚也。』公曰：『问之，患其有小过，以小弃大，此世所以失天下士也！』乃举火而爵之上卿。

【梦龙评】韩范已知张、李二生有用之才，其不敢用者，直是无胆耳。孔明深知魏延④之才，而又知其才之必不为人下，故未免虑之太深，防之太过，持之太严，宁使有余才，而不欲尽其用，其不听子午谷之计者，胆为识掩也。呜呼，胆盖难言之矣！丞相亮伐魏，魏延献策曰：『懋怯而无谋，今假延精兵五千，直从褒中出，循秦岭而东，当子午而北，不过十日，可到长安，懋闻延奄至，必弃城走，比东方相合，尚二十许日。而公从斜谷来，亦足以达。如此则一举而咸阳以西可定矣！』亮以为危计，不用。

任登[5]为中牟令，荐士于襄主[6]曰瞻胥已[7]，襄主以为中大夫。相室[8]谏曰：『君其耳而未之目也？为中大夫若此其易也！』襄子曰：『我取登，既耳而目之矣，登之所取，又耳而目之，是耳目人终无已也。』

此亦齐桓公之智也。

【注释】

①宁戚：春秋时卫国人，家贫，为人挽车，自卫至齐，为桓公识用，拜上卿，后迁国相。

②饭牛举下：在牛车下用饭。又说，喂牛于车下。

③扣角：敲着牛角。

④魏延：三国蜀汉大将，累迁征西大将军，封南郑侯。每随诸葛亮出师，辄欲请兵与亮异道，亮不许，延常叹己才用之不尽。及亮死，魏延有二心，为杨仪遣马岱杀之。

⑤任登：春秋时晋国赵氏的家臣。《吕氏春秋·知度》作『任登』，而《韩非子·外储说左上》作王登。按王当为『壬』字之误，而『壬』『任』古通。

⑥襄主：赵襄子，名无恤，赵简子之子。战国初，与韩、魏二氏共灭智氏，三分晋国。

⑦瞻胥已：《吕氏春秋》作瞻胥已，《韩非子》作『中章、胥已』，则为二人。

⑧相室：执政之臣，即相国、丞相。

【译文】

宁戚，卫国人。宁戚在牛车下用饭，敲着牛角唱起歌来。齐桓公看到后，觉得宁戚与常人不同，准备把国政交给他管理。群臣都说：『卫国离齐国不远，可派人去问问他的情况，如果他果然是个贤才的话，再用他也不迟。』齐桓公说：『如果去问他的情况，担心他有小的过失，而因小失大。这就是世人失去天下贤才的原因啊！』于是就生火做饭，款待宁戚，封宁戚为上卿。

【梦龙评】明朝的韩范虽然知道张、李二人是可重用的人才，却不敢用，缘故是胆小。三国时的诸葛亮虽深知魏延的才干，同时也知道以魏延之才不会居人之下，所以顾虑太深，防犯太多，戒备太严，宁可只借重魏延的余才，却不敢让他完全发挥。当初孔明不肯采纳魏延所提子午谷的计谋，就是由于孔明的胆气被识虑所蒙蔽，唉！看来『胆』这个字，还真不是三言两语就可说得清楚的。葛亮准备讨伐魏国，魏延献策说：『夏侯楙胆小而无谋，如果给我五千精兵，从褒中出发，沿秦岭东进，在子午处向北，用不了十日，便可到达长安。夏侯楙听说魏延攻来，一定会丢弃长安城逃跑。如果从东面走，尚须二十日。而公从斜谷来，也可以到达。如此这样，一举可使咸阳以西安定！』诸葛亮以为是危险的计谋，没有采纳。

当任登出任中牟令时，他曾向襄王举荐一个人，并说这个人叫『瞻胥已』，襄王想任命这人为中大夫，一旁的王后却劝阻说：『大王只是听别人说这人有才干，自己并没有亲眼看见，怎么能轻易相信而草率任用呢？』襄王说：『我之所以任用他，既是根据耳闻，也是根据眼见。因为王登推荐他，就是根据耳闻和眼见。假如一切事情都要靠我亲眼目睹，那事情永远没有做成的时候。』

襄王和齐桓公具有同样的智慧。

卫君拒换左氏

卫有胥靡①亡之魏，嗣君以五十金买之，不得，乃以左氏（地名）易之。左右曰：『以一都买一胥靡，可乎？』嗣君曰：『治无小，乱无大。法不立，诛不必，虽有十左氏无益也；法立诛必，虽失十左氏，无害也。』

【注释】

①胥靡：古时对奴隶的一种称谓。

【译文】

卫国有一个服役的刑徒逃到了魏国，卫嗣君（战国时卫国国君，卫平公之子，在位四十二年）用五十金赎买刑徒。魏国不给，卫嗣君就用左氏（邑名，今山东定陶西）这个地方交换刑徒。身边的人说：『用一个城邑交换一个刑徒，值得吗？』卫嗣君说：『法治无所谓小，动乱也不是直接从大处发生的。法治不能建立，该杀的人不能杀，即使有十个左氏城邑有什么用！法治若能建立，该杀的就杀，即使失去十个左氏城邑，也没什么妨碍！』

种世衡赔金挖泉

种世衡既城宽州，苦无泉，凿地百五十尺，见石。工徒拱手曰：『是不可井矣！』世衡曰：『过石而下，将无泉邪？尔其屑而出之，凡一畚①，偿尔一金！』复致力，过石数重，泉果沛然。朝廷因署为清涧城。

【注释】

①畚（běn）：古时一种盛器。

【译文】

宋将种世衡筑成宽州城之后，苦于城中没有泉水，令人凿井取水。挖到一百五十尺深处，发现了石头。打井的工人拱手说道：“这里是不可以打井了！”种世衡说：“穿过石层再往下挖，难道还没有泉水吗？你们将石块凿成石屑弄出来，每弄上来一畚箕石屑，给你们一两银子！”打井的工人又努力往下挖，穿过几重石，泉水果然十分充沛。朝廷因此命名此城为清涧城。

韩浩怒斩凶徒

夏侯惇①守濮阳，吕布②遣将伪降，径劫质③惇，责取货宝。诸将皆束手④，韩浩独勒兵屯营门外，敕诸将案甲⑤毋动。诸营定，遂入诣惇所，叱劫质者曰：“若等凶顽，敢劫我大将军，乃复望生耶！吾受命讨贼，宁能以一将军故纵若！”因涕泣谓惇曰：“当奈国法何⑥！”促召兵击劫质者。劫质者惶遽，叩头乞赀物。浩竟捽出斩之，惇得免。曹公闻而善之，因著令：自今若有劫质者，必并击，勿顾质。由是劫质者遂绝。

【注释】

①夏侯惇：初从曹操为裨将，以功累拜前将军。魏文帝时为大将军。

②吕布：初事丁原，复事董卓，誓为父子，因小失意于卓，又与卓婢通，内不自安，遂与王允共杀卓，授奋威将军，封温侯。后为董卓余党所败，依袁术，又投袁绍。据濮阳、下邳，为曹操所擒，缢杀之。

③劫质：劫人为质以为要挟。
④束手：束手无策。
⑤案甲：屯兵不动。
⑥当奈国法何：谓应以国法为重，不能复顾惇之安危。

【译文】

三国时，魏人夏侯惇出任濮阳太守时，吕布派使假称投降，趁机劫持夏侯惇为人质，然后向魏要求大批的珠宝和黄金以交换人质。

当时诸将个个束手无策，只有韩浩一人领兵驻守营门外，让诸将全副武装在一旁等待。部署完毕后，他请求只身进入拘禁人质的营房。

他对绑架人质的贼兵怒斥道：『你们这些顽劣的凶徒，胆敢劫持大将军，你们还想活命吗？如今我奉命讨贼，又怎么能为了保全大将军的命而答应你们的要求？』

随后他又哭着对夏侯惇说：『为了维护国法的尊严，我也是迫不得已。』

说完，韩浩下令营外的军队攻击劫持人质的贼兵，贼兵在惊慌中却仍不忘索讨财物。韩浩下令将他们一个个拖出斩首。夏侯惇终于保全一命。

事后曹操称赞韩浩处理恰当，下令：尔后若再有绑架人质的事件发生，根本不必顾虑人质的安危。所以日后再也没有发生绑架人质的事件。

姜绾水路镇贼人

姜绾[1]以御史谪判桂阳州，历转庆远[2]知府。府边夷[3]，前守率以夷治[4]。绾至，一新庶政，民獠改观。时四境之外皆贼窟。绾计先剪其渠魁，乃选健儿教之攻战，无何自成锐兵，贼盗稍息。初，商贩者舟由柳江[5]抵庆远。柳、庆二卫官兵在哨者，阳护之，阴实以为利。绾一日自省[6]溯江归，哨者假以情见迫，遽欢言贼伏隩，訹绾陆行便。绾曰：『吾守也，避贼，此江复何时行邪？』麾民兵左右翼，拥盖树帜，联商舟，徜徉进焉。贼竟不敢出。自是舟行者无所用哨。

【梦龙评】决意江行，为百姓先驱水道，固是。然亦须平日训练，威名足以慑敌，故安流无梗。不然，尝试必无幸矣！

【注释】

①姜绾：明成化进士，擢御史，因劾宦官蒋琮，谪判桂阳。迁庆远知府，寻改右江兵备副使。官终河南按察使。

②庆远：治在今广西宜山东。

③边夷：与夷人毗邻。

④以夷治：以夷人治夷人，即保留少数民族的自治权。

⑤柳江：黔江上游支流，自柳州至石龙一段，今称柳江。明时柳州以上，即今称龙江与融江者，亦称柳江。

⑥省：省府，时在临桂，即今之桂林。

【译文】

明朝中叶，御史姜绾因为弹劾宦官而被贬到桂阳，任桂阳州通判，转任庆远府知府。庆远府为边境夷人之地，前任太守大都是用夷人来治理。姜绾到任后，政治焕然一新，百姓和夷人都改变了看法。当时，庆远府四面边境之外都是贼窟。姜绾认为要平息叛乱就要先剪除贼首，就挑选健壮男儿，教他们攻战之法，不久就凑成骁勇善战的精锐部队，贼盗稍稍平息。当初，商人的船是由柳江抵达庆远。柳江和庆远二镇沿江巡视的官兵，明里是保护商船，实际上却是暗中渔利。姜绾有一天自省府逆流而上回庆远，巡视的官兵假称情况紧急，纷纷传说有贼盗埋伏在江水弯曲处，诱导姜绾取道陆路以保安全。姜绾说：『我是太守，若是躲避盗贼，这条江河何时才能再通行呢？』指挥民兵在左右两边保护，簇拥伞盖，竖起旗帜，联合商船，慢慢前进。盗贼终于不敢出来。从此以后，乘船走水路的人都不用巡哨的了。

【梦龙评】姜绾执意取道水路，为百姓做开路先锋，这本就属知府职责，但也是因他平日有足够的威仪能震慑贼人，才能平安无事，否则轻易地尝试，必定无法幸免。

彦博明察斩黄德

潞公为御史时，边将刘平[1]战死。监军[2]黄德和拥兵观望，欲脱己罪，诬平降虏，而以金带赂平奴，使附己。平家二百口皆冤系。诏彦博置狱河中。彦博鞫治得实。德和党援谋翻狱，已遣他御史来代之矣。彦博拒之，曰：『朝廷虑狱不就，故遣君。今狱具矣。事或弗成，彦博执其咎，与君无与也！』德和并奴卒就诛。

【注释】

①刘平：字士衡，北宋开封祥符人，进士及第，补无锡尉，擢大理评事，官累殿中丞、侍御史、殿前都虞侯、环庆路马步军副总管、鄜延路副总管、环庆路同安抚使等。

②监军：官名，古代军队出征，朝廷为了牵制武将而临时派遣的到军队中挂职的文官，可与主帅分庭抗礼。

【译文】

潞公文彦博任御史的时候，边境守将刘平战死。监军黄德和拥兵观望，不加救援。为了开脱自己的罪责，黄德和诬陷刘平投降敌人，并用金带收买刘平的奴仆，让他附和自己。刘平一家二百口都蒙受冤屈，被投入狱中。皇上令文彦博在河中审理此案。文彦博审得实情。黄德和的党羽共谋翻案。已另外派遣别的御史来代替文彦博。文彦博拒绝了他们，说：『朝廷担心不能审结，所以派遣您来。如今案情已全部审结了。事情或者不能成功，我文彦博愿意承担责任，和您没有关系。』黄德和和刘平的奴仆终于被正法。

陆公替民申冤

平湖陆太宰光祖[1]，初为浚[2]令。浚有富民，枉坐重辟。数十年相沿，以其富，不敢为之白。陆至访实，即日破械出之，然后闻于台使者。使者曰：『此人富有声。』陆曰：『但当问其枉不枉，不当问其富不富。果不枉，夷、齐[3]无生理；枉，陶朱无死法。』台使者甚器之。后行取为吏部，黜陟自由，绝不关白台省。时孙太宰丕扬[4]在省中，以专权劾之。即落职，辞朝，遇孙公，因揖谓曰：『承老科长见教，甚荷相成。但今日吏部之门，嘱托者众，不专何以申公道？老科长此疏实误也！』孙沉思良久，曰：『诚哉，吾过矣！』即日草奏，自劾失言，而力荐陆。陆由是复起。时两贤之。

【梦龙评】为陆公难，为孙公更难！

葛端肃⑤以秦左伯入觐，有小吏注考『老疾』，当罢，公复为请留，太宰曰：『计簿出自藩伯，何自忘也？』公曰：『边吏去省远甚，注考徒据文书，今亲见其人甚壮，正堪驱策，方知误注。过在布政，何可使小吏受枉？』太宰惊服，曰：『谁能于吏部堂上自实过误？即此是贤能第一矣！』此宰与孙公相类。葛公固高，此吏部亦高。因记万历己未，闽左伯黄琮，马平人，为一主簿力争其枉。当轴者甚不喜，曰：『以二品大吏为九品官苦口，其伎俩可知。』为之注调。人之识见不侔如此！

【注释】

①陆太宰光祖：陆光祖，字与绳，明平湖人，嘉靖进士，官至吏部尚书，卒谥壮简。

②浚（xùn）：县名，今属河南省。

③夷、齐：伯夷、叔齐，商末贵族，商灭，因不食周粟而饿死于首阳山上。

④孙太宰丕扬：孙丕扬，字叔孝，明富平人，嘉靖进士，擢御史，官累右佥都御史、吏部尚书，卒谥恭介。

⑤葛端肃：葛守礼，字与立，明德平人，嘉靖进士，官礼部郎中。

【译文】

明朝平湖的陆太宰名光祖，最初任浚令时，当地一个百姓含冤入狱长达数十年。因为他很有钱，狱官为了避嫌，反而不敢为他洗刷罪名。陆光祖到任后访得实情，当日就放他出狱，然后又呈报御史。

御史说：『这人不但有钱而且名气很大。』

陆光祖答道：『但只问这人是否真的有罪，不问他是否有钱。假如他真的有罪，即使生活如伯夷、叔齐般贫困也无法让他苟活；如果他确实冤枉，纵使如陶朱公般富甲一方也没理由判他死罪。』

御史听了很赏识，从此更看好他。

后来，陆光祖升为吏部官，问案判决全凭自己的见解，完全不需经御史台审批。当时孙太宰丕扬以独断专权的罪名弹劾他。

陆光祖被免官后，一日巧遇孙丕扬，对他行礼长拜后说：『承蒙厚爱受教匪浅，在下实在感激不尽。但如今吏部人情关说不断，假如不独断专权，只怕正义公道无法伸张，孙公上疏弹劾在下，实在是冤枉在下了。』

孙丕扬沉思许久，才说：『你说得有理，我错了。』

言罢，孙丕扬立刻起草上奏，自陈失言罪状，而极力保荐陆光祖。因此陆光祖又得以官复原职，与孙丕扬共称当代二贤人。

【梦龙评】世人想学陆光祖的正义果断，固然不容易；但要学孙公自承错误、立刻更正的勇气更难。

葛端肃奉命晋见吏部尚书，有一名小吏的资料被人注上『年老多病当免职』的字句。葛公为小吏申请留任原职，太宰说：『你难道忘了，这本记录簿是出自你的部门。』葛公说：『驻边小吏离府太远，个人资料的记载又完全根据文书。今日我亲眼见这小吏身体强壮，正是他效命朝廷的黄金岁月，才知道原先记录有错，过错在我，怎可连累小吏呢？』太宰不由佩服地说：『能在吏部堂上自承过失，实在是天下第一等贤人。』这事和孙太宰事相同。葛公固然高明，这位吏部大人也高明。

我想起明朝万历年间任吏部尚书的黄琮，替一名主簿极力洗脱冤情，结果他的上司很不高兴，说：『堂堂二品官，竟然为一个小小的九品官费唇舌，看来你的才识也不过如此。』

后者与前者截然不同的评价，可见人的见识与差距有多大。

陆公拒托严学宫

陆文裕（树声）①。为山西提学。时晋王有一乐工，甚爱幸之，其子学读书，前任副使考送入学。公到任，即行文黜之。晋王再四与言，公曰：『宁可学宫少一人，不可以一人污学宫！』坚意不从。

【梦龙评】自学宫多假借，而贱妨贵、仆抗主者纷纷矣。得陆公一扩清②，大是快事。

【注释】

①陆文裕：陆树声，明嘉靖进士第一，历官太常卿，掌南京国子监祭酒事。神宗时官至礼部尚书。卒谥文裕。

②扩清：廓清，肃清。

【译文】

陆文裕字树声，出任山西提学。当时，晋王有一个乐工，深得晋王宠爱。乐工的儿子入学读书，前任提学副使将乐工的儿子考送入学宫。陆文裕到任后，立即发布文告，将乐工之子赶出了学宫。晋王反复向陆文裕求情，陆文裕说：『宁可学宫少一人，不可因为一人玷污了学宫。』坚持不听从晋王的求情。

【梦龙评】很久以来，学宫多半是姑息养奸，贱妨贵、仆抗主的事件因而纷纷发生，陆公能一举廓清此案，自是大快人心。

毛澄拒先千户女

太仓毛文简公①。嘉靖初，上议选婚，锦衣卫千户女与焉。内侍并皇亲邵蕙俱得重赂，咸属意。公在左顺门厉声曰：『卫千户是卫太监家人，不知自姓，何以登玉牒②？此事礼部不敢担当，汝曹自为之！』众议遂息。

【注释】

①太仓：古州名，治所在镇江，今江苏省昆山、常熟等地。毛文简公：毛澄，字宪清，明太仓昆山人，弘治进士，官累礼部尚书，卒谥文简。

②玉牒：记录皇族的谍谱。

【译文】

明嘉靖初年，皇帝下令择婚，其中锦衣卫千户的女儿也在入选名单中，因为内侍及皇亲邵蕙都接受卫千户的重礼，当然都属意锦衣卫千户的女儿。当时毛澄在礼部，听说此事，厉声说道：『卫千户是卫太监家人，出身不明，日后如何名列王族谱系？这事礼部不敢承办，你们自己看着办吧！』自此，众人不敢再提卫千户之事。

祝知府公平断案

南昌祝守以廉能名。宁府有鹤，为民犬咋①死，府卒讼之云：『鹤有金牌，乃出御赐！』祝公判云：『鹤带金牌，犬不识字。禽兽相伤，岂干人事！』竟纵其人。又两家牛斗，一牛死。判云：『两牛相斗，一死一生。死者同享，生者同耕。』

【注释】

①咋（zé）：咬住。

【译文】

南昌祝知府以清廉贤能而著名。宁王府有一只鹤，被老百姓家的狗咬死，宁府的士卒上告说：『被咬死的那只鹤有一块金牌，是皇上亲赐！』祝知府下判说：『鹤带有金牌，狗却不认识字。飞禽和走兽相互伤害，关人们什么事！』竟把那个老百姓放了。又有两家的牛斗架，一头牛被抵死。两家人到府衙打官司，祝知府判决说：『两牛相斗，一头死，一头活。死的那头两家共同享用，活的那头牛两家同用来耕田。』